세종대왕 –훈민정음을 창제하다

서연비람은 조선 시대 왕궁 내, 강론의 자리였던 서연(書筵)에서 강관(講官)이 왕세자에게 가르치던 경전의 요지를 수집하여 기록한 책(비람備覽)을 말합니다. 서연비람 출판사는 민주주의 국가의 주인인 시민들 역시 지속 가능한 과거와 현재, 미래의 이치를 깨우치고 체현해야 한다는 믿음으로 엄선한 도서를 발간합니다.

역사와 문학 비람북스 인물 시리즈

세종대왕－훈민정음을 창제하다

초판 1쇄 2021년 09월 30일　　　　2판 1쇄 2023년 07월 14일
지은이 엄광용
편집주간 김종성
편집장 이상기
펴낸이 윤진성
펴낸곳 서연비람
등록 2016년 6월 29일 제 2016-000147호
주소 서울시 강남구 남부순환로 2909, 201-2호
전자주소 birambooks@daum.net

ⓒ 엄광용 2021, Printed in Korea.

ISBN 979-11-89171-44-5 44810
ISBN 979-11-89171-26-1 (세트)

값 9,800원

역사와 문학

비람북스 인물시리즈

세종대왕

훈민정음을 창제하다

엄광용 지음

서연비람

차례

머리말

오늘날 한글은 21세기 정보통신시대에 활력을 불어넣는 가장 대표적인 글자로 주목받고 있다. 이제 누구든 언제 어디서나 뉴스를 접하고, 게임을 즐기고, 통화 및 문자 소통이 가능한 모바일 시대에 살고 있다. '이동성 있는'이란 의미로 통하는 '모바일'이 전 세계 유통체계의 대세로 자리 잡으면서, 스마트폰의 위력은 기존 신문이나 잡지, 공중파 TV의 저력을 무색하게 만들 정도로 정보통신의 새로운 지평을 열어가고 있다.

가로 3개와 세로 4개로 구분된 스마트폰의 12개 문자판에 가장 적합한 글자는 세계에서 한글이 최고로 우수하다고 정평이 나 있다. 국제연합 교육과학문화기구인 유네스코는 1989년 6월 21일 한글의 우수성을 인정하여 '세종대왕상(King Sejong Prize)'을 제정, 세계적으로 문맹퇴치에 공헌한 개인 또는 단체에 '문맹퇴치공로상'을 수여하고 있다. 또한 유네스코는 1997년 10월 1일 《훈민정음해례본》을 세계기록유산으로 지정하였다.

세종대왕은 1443년에 훈민정음을 창제하였고, 집현전 젊은 학사들로 하여금 1446년에 《훈민정음 해례본》을 제작·간행토록 하여 일반 백성에게 널리 익히게 하였다. 그로부터 500년을 훌쩍 넘긴 오늘날에 이르러 '훈민정음'은 '한글'이란 이름을 달고 세계적인 글자로 우뚝 서게 된 것이다. 스마트폰 문자판에서 자음과 모음 28개를 조합하여 한글의 모든 글자를 자유자재로 다 표현할 수 있게 된 것은 매우 획기적인 일이 아닐 수 없다. 마치 그 옛날 이미 21세기 모바일 시대를 예견하기라고 한 것처럼, 세종대왕이 심혈을 기울여 만든 한글은 매우 과학적이고 논리적이며 효율성 높은 소리글자로 각광받고 있다.

노벨문학상을 받은 미국의 소설가 펄벅은 "한글은 전 세계에서 가장 단순하면서도 가장 훌륭한 글자다. 세종대왕은 한국의 레오나르도 다빈치다."라고 극찬했다.

올해 한글 창제 578돌이 되는 한글날을 기하여 이 책을 출간하게 된 것을 매우 기쁘게 생각한다.

2021년 9월
저자 엄광용

1 진주에서 올라온 장계

"어찌하여 이런 일이 일어날 수 있단 말이오? 이는 과인의 잘못, 이 일을 어떻게 처리하면 좋겠소?"

임금은 매우 낙심하여 고개를 아래로 떨어뜨렸다. 눈물이 솟으려는 걸 대신1들에게 보이지 않기 위해 얼굴을 가리려는 것이었다.

세종대왕이 임금의 자리에 오른 지 10년째 되던 1428년 9월 27일의 일이었다. 추석이 지난 뒤였으나, 그해 흉년이 들어 백성들의 곤궁함을 걱정하고 있던 때라 임금의 용안2엔 수심이 가득했다. 그러한 때에 마침 경복궁 근정전에서 대신들이 입회한 가운데, 임금은 경상도 진주 감영에서 올라온 장계3를 읽고 있었다.

---

1 대신(大臣): 군주 국가에서 '장관'을 이르는 말.
2 용안(龍顔): 임금의 얼굴.
3 장계(狀啓): 왕명을 받고 지방에 나가 있는 신하가 자기 관하의 중요한 일을 왕에게 서면으로 보고하던 문서.

장계를 읽던 임금의 손이 가늘게 떨렸다. 다 읽고 나서 장계를 내려놓을 때 임금의 표정은 매우 어두워 보였다.

"전하! 고정하시옵소서. 이는 효를 모르는 백성의 어리석음 탓이지 전하의 잘못이 아니옵니다."

판부사 변계량이 아뢰었다.

의정부에서는 이미 형조를 통해 올라온 장계를 본 뒤 임금에게 전한 것이므로, 그 내용을 소상하게 알고 있었다. 경상남도 진주에 사는 '김화'라는 자가 자기 아버지를 죽인 사건을 진주 감영에서 적어올린 것이 장계의 주된 내용이었다.

"자고로 아녀자가 자기 남편을 죽이고, 종복이 주인을 죽이는 일은 간혹 있었소. 하지만 피를 나눈 자식이 제 아비를 죽였다는 일은 이제까지 들어보지 못했소. 이는 반드시 과인의 덕이 부족해 그리된 까닭이니, 앞으로 어찌 백성 앞에 고개를 들 수 있겠소?"

임금의 침통한 표정은 여전히 가시지 않았다.

"전하! 흉년이 들면 착한 백성들도 굶주림에 견디기 어려워 마음이 사악해지는 것이 인지상정4이옵니다. 그러하니

---

4 인지상정(人之常情): 사람이 보통 가질 수 있는 인정.

인륜에 어긋나는 사건도 일어나지 말라는 법이 없사옵니다. 이는 전하의 덕 없음을 탓할 수 있는 일이 아니옵니다."

우의정 맹사성의 말이었다.

"하늘이 진노한 것이오. 삼강오륜은 하늘 아래 사람이 지켜야 할 최고의 덕목인데, 그 어긋남을 보고 어찌 하늘을 우러러볼 수 있단 말이오? 윗물이 맑아야 아랫물도 맑은 법, 백성들이 죄를 지으면 그것은 곧 임금의 허물이 아니겠소?"

임금의 용안에선 여전히 어두운 그늘이 가시지 않았다.

"아들이 아버지를 살해한 것은 사람이 지켜야 할 도리에 매우 어긋난 일이므로 엄벌에 처해야 할 것이옵니다. 본보기로 김화라는 자를 극형에 처하여 다시는 백성들 사이에 이러한 일이 일어나지 않도록 경계로 삼아야 할 것으로 아옵니다."

강직하기로 이름이 난 집현전 학사 정창손이 나섰다.

"지금 처벌이 중요한 것이 아니오. 무지한 백성이 저지른 일이니, 그 처벌에 앞서 어떻게 교화할 것인가가 더 중요하다고 생각하오. 이제부터라도 경들은 우매한 백성들을 교화시킬 방안을 세워보도록 하시오."

임금은 정창손을 힐끗 쳐다보고 나서 고개를 좌우로 흔

들다가, 문무백관을 둘러보며 말했다.

이때 변계량이 다시 나섰다.

"전하! 《효행록》 등의 서적을 널리 반포5하여 백성들로 하여금 이를 읽고 외게 하심이 좋을 듯하옵니다. 그러면 점차 백성들이 효를 숭상하고, 예의를 갖춰 다시는 '김화'와 같은 천륜6에 어긋나는 죄를 짓지 않을 것이라 사료되옵니다."

"허허, 서적을 읽히는 것이 좋긴 하지만 글을 모르는 일반 백성이 그것을 어찌 실천할 수 있겠소?"

임금은 딱하다는 듯이 변계량을 쳐다보았다.

"전하! 양반들이 글을 읽을 줄 알기 때문에, 그들로 하여금 일반 백성들을 가르치도록 하면 그리 큰 문제가 되지 않을 것이옵니다."

집현전 부제학 최만리가 나섰다.

"이제까지 양반들이 일반 백성을 가르치지 않아서 자식이 아비를 죽이는 끔찍한 일이 일어났다고 생각하시오? 이는 일반 백성들이 글을 모르기 때문이오. 글을 아는 양반들

---

5 반포(頒布): 세상에 널리 퍼뜨려 모두 알게 함.
6 천륜(天倫): 부모, 자식·형제 사이의 변치 않는 떳떳한 도리.

이 일반 백성들에게 예법을 가르친다는 것은 손으로 하늘을 가리는 것과 다를 바가 없소. 일반 백성들도 글을 배워 직접 효를 행하도록 하는 것이 바람직하다고 보는데, 경들은 어떻게 생각하시오?"

"지당하신 말씀이옵니다."

대신들이 일제히 임금을 향해 머리를 조아렸다.

"어찌하면 일반 백성들로 하여금 글을 익히게 할 수 있겠소?"

"일반 백성들이 글을 모르므로 효행의 사례를 그림책으로 만들어 널리 보급하는 것이 어떠하올는지요?"

맹사성이 의견을 냈다.

"효행의 사례를 그림으로 그린다? 그거 좋은 생각이오. 집현전에서 책임을 갖고 《효행록》의 사례들을 선별한 후 도화서7에 부탁하여 화원들로 하여금 그림으로 상세하게 그려 책을 엮어내도록 하시오."

임금은 그때서야 굳어 있던 얼굴을 펴고 대신들을 바라보며 인자하게 웃었다.

---

7 도화서(圖畵署): 조선 시대에 그림 그리는 일을 담당하던 관청.

그러나 그날 밤 임금은 도무지 잠을 이룰 수 없었다. 그림만으로는 자세한 효행 사례를 설명하는 데 한계가 있다고 생각했다.

임금은 어려서부터 한문을 배워 사서삼경 등 중국 고전을 비롯해 고려와 조선의 서책들을 두루 섭렵했다. 그런데 그 책들은 중국의 글자인 한문으로 쓰여 있었다. 중국은 글자가 있는데, 조선에는 없었다.

"왜 우리 글자는 없나요?"

임금은 어려서부터 유독 책 읽기를 즐겼던 사랑스런운 딸 정의공주의 얼굴을 떠올렸다. 예닐곱 살 때 정의공주는 임금에게 그렇게 물었다.

그때 임금은 정의공주에게 마땅히 대답해줄 말을 찾지 못했다. 엄연히 명나라와 조선은 다른 나라였다. 그런데 명나라는 글자가 있고 조선은 글자가 없는 것이야말로 심히 부끄러운 일이 아닐 수 없었다.

명나라 사신이 왔을 때 그들의 말을 듣고 정의공주는 또 질문을 던졌다.

"우리와 중국은 말이 다른데, 어떻게 글자는 두 나라 모두 같은 한자를 쓰고 있나요?"

"말이 다르므로, 우리와 중국은 발음할 때 차이가 있단다. 그래서 한자를 우리 발음대로 읽기 위해 신라 시대 때부터 이두8라는 걸 써왔지. 그러나 우리 글자가 없어서 이두 역시 한자로 표현하다 보니, 그것 또한 불편하기는 마찬가지란 생각이 드는구나.”

이렇게 임금이 설명했지만, 정의공주는 잘 이해가 가지 않는 듯 고개를 갸우뚱거리기만 했다.

임금은 어려서부터 영민했던 정의공주가 보고 싶었다. 그러나 정의공주는 결혼해서 궁궐 밖에 나가 살기 때문에 자주 만날 수 없었다.

‘날이 밝으면 정의공주를 궁궐로 불러야 하겠구나.’

임금은 결혼한 지 얼마 안 되는 정의공주가, 만난 지 꽤 오래된 듯이 느껴졌다. 그런 정의공주의 얼굴을 떠올리며 임금은 오지 않은 잠을 억지로 청했다.

---

8 이두(吏讀): 한자의 음과 훈을 빌려 우리말을 적던 표기법.

2. 정의공주

아침 일찍 임금은 내관에게 정의공주를 입궐토록 하라고 일렀다.

정의공주는 죽산 안씨인 안맹담과 결혼하여 궐밖에 살고 있었다. 남편 안맹담은 어린 시절부터 칼과 활을 잘 다루었는데, 유독 무술을 좋아했던 둘째 왕자 수양대군과 우연히 사냥터에서 만난 것이 인연이 되어 궁궐을 자주 드나들었다. 그러다 보니 임금이 주관하는 활쏘기 대회인 대사례에도 자연스럽게 참여하게 되었다. 붓글씨에 능하고 활쏘기를 잘하는 안맹담을 평소 눈여겨보아 온 임금은 때마침 혼기에 이른 둘째 딸 정의공주의 배필감으로 점찍어두었다.

정의공주와 안맹담은 동갑내기였다. 1428년에 열네 살이 된 두 사람은 결혼했고, 그리하여 정의공주는 궁궐 밖 사저에 나가 살 게 되었다. 얼마 전까지만 해도 임금은 궁궐 내에서 늘 가까이 대할 수 있던 둘째 딸을 자주 볼 수 없게 되자 보고 싶은 마음이 더욱 간절해졌다.

임금이 특히 정의공주에 대해 애틋한 마음을 가진 것은

맏딸인 정소공주가 열세 살의 나이에 완두창(마마)으로 세상을 떠났기 때문이다. 맏딸에 대한 안타까운 마음을 달랠 길 없어, 임금은 특히 둘째 딸을 더욱 사랑하게 된 것이었다.

정소공주가 세상을 떠날 때 둘째 딸 정의공주는 열 살이었다. 언니의 죽음에 충격을 받은 정의공주를 끌어안고 임금은 같이 울었다. 정소공주의 갑작스런 죽음은 임금에게도 큰 슬픔이었지만, 언니를 잘 따르던 정의공주에게는 슬픔을 넘어서 무서움으로 다가왔다. 평소 친하던 자매 사이인데, 정소공주가 병들자 누구도 가까이에 접근하는 것을 엄금했다. 완두창은 어린 나이에 걸리기 쉬운 전염병이므로 정소공주가 병상에 누운 후 한 번도 만난 적이 없었다. 그리고 나서 얼마 후 언니의 사망 소식을 들었으니, 정의공주로서는 소름 끼칠 정도로 겁이 났다.

당시 임금의 품에 안긴 정의공주는 죽음이 너무 두려워 온몸을 부들부들 떨었다. 임금은 그런 둘째 딸을 넓은 품으로 꼭 감싸 안아 주었다. 임금은 두려움에 떨면서 울다가 지쳐 잠이 들어버린 정의공주를 안고, 그 따스한 몸의 온기에서 맏딸 정소공주가 다시 살아난 듯한 착각까지 들었다.

임금도 정의공주를 안고 깜빡 잠이 들었던 것이다. 그런

데 꿈속에서는 정의공주가 정소공주로 변해 해맑은 미소를 지으며 임금에게 다가와 안겼다. 꿈에 나타난 정소공주는 겨우 걸음마를 배운 아기의 모습이었다. 가까이 다가와 안기는 정소공주를 손으로 잡아보았으나 잡히지 않았다. 임금의 손은 그저 허공만 자꾸 움켜쥘 뿐이었다.

그러다 깨어보니 임금의 품 안에는 정소공주가 아닌 정의공주가 안겨 있었다. 잠자는 정의공주의 고른 숨결을 느끼며, 임금은 정소공주가 다시 살아난 것 같은 느낌이 들기까지 했다.

그 후 임금은 정의공주를 더욱 사랑하게 되었다. 너무 일찍 세상을 떠난 정소공주의 몫까지 정의공주에게 두 배 이상의 정을 쏟았다.

정의공주는 어려서부터 영특하여 글을 읽고 쓰기를 즐겼다. 한 살 많은 오라버니(문종)와 함께 공부했는데, 결코 오라버니에게 뒤지지 않을 만큼 열심히 했고 실력도 쑥쑥 늘었다. 두 살 어린 동생 수양대군과 세 살 어린 안평대군이 공부를 하는 데도 도움을 줄 정도였다. 임금은 그런 정의공주를 두고 남자로 태어났으면 큰일을 할 수 있는 인재라고 생각하며 마음속으로 매우 안타까워하기도 했다.

특히 임금이 정의공주를 기특하게 여기는 것은 어린 나

이에도 불구하고 슬기로운 지혜를 갖고 있었기 때문이다.

임금이 되기 전 사가1에서 살 때 있었던 일이다. 어느 날 명나라에서 사 온 말안장을 그가 손수 고치려다 실수로 그만 다리에 칼끝이 박힌 적이 있었다. 때마침 주변에는 도와줄 만한 이가 아무도 없었는데, 어린 정의공주가 급히 술지게미를 상처에 붙여 일단 부기가 빠지도록 해주었다. 그런 연후 자석을 가지고 살 속에 박힌 부러진 칼날을 빼내는 지혜로움을 보여주기까지 했다.

임금이 이런 생각에 잠겨 있을 때 정의공주가 입궐해 알현2을 청했다.

"아바마마? 찾아계시옵니까?"

"오오, 정의로구나. 시집살이가 어렵지는 아니하냐?"

임금은 정의공주를 더 가까이 오라고 손짓해 불렀다.

"어려운 일은 별로 없사옵니다. 하오나 혼자서 공부를 하다 보니 답답한 것은 사실이옵니다. 궁금한 것을 물어볼 상대도 없고……."

---

1 사가(私家): 일반인들이 사는 사삿집. 임금이 되기 전에는 가정을 가진 왕자들의 경우 궁궐 밖에 일반인들이 거주하는 지역에 집을 짓고 살았다.
2 알현(謁見): 지체가 높고 존귀한 사람을 직접 찾아뵙는 일.

정의공주가 살짝 고개를 숙였다. 얼굴이 발그레하게 달아오른 그 모습은 아직 어린 소녀였다. 그도 그럴 것이 이제 열네 살이니, 임금은 그럴 만도 하다는 생각이 들었다. 그래서 이삼 년 더 곁에 두고 있다가 혼인을 시킬 걸 그랬나보다고 후회하며, 안쓰러운 마음으로 정의공주를 쳐다보았다.

"왕실의 법도가 있어 일반 백성들과 어울리기도 쉽지 않은 일이므로, 사가에 나가 있어도 왕실 자제들은 어려운 법이란다. 조금만 참아라. 명년 봄에는 경복궁 동쪽 건춘문3 인근에 따로 왕실 자제들을 위한 학사를 지을 계획이다. 당나라와 송나라에서도 황실과 종친 자제들을 위해서 학사를 운영한 바 있는데, 우리 조선에서도 그런 제도가 필요하다고 생각되어 종학4 제도를 도입하기로 했단다. 왕실 종친의 자제가 여덟 살이 되면 종학에 입학시켜 유학을 배우게 하자는 것이지. 거기 '종학관'이란 박사를 두어 종친 자제들을 가르치게 할 생각이다."

임금은 왕실 자제라서 성균관에 들어가지 못하고 따로 정해진 사부 밑에서 공부할 당시, 같이 어울려 학문을 논하

---

3 건춘문(建春文): 경복궁의 동문.
4 종학(宗學): 조선 시대에 왕실과 종친 자제들의 교육을 담당하던 관청.

는 성균관 유생들을 부러워한 적도 있었다. 그런 고민을 하던 중 임금이 예조에 의견을 냈고, 곧바로 1427년에 정식으로 종학을 설립하는 계획이 수립된 것이었다.

임금은 수학하는 유생들끼리 서로 의견을 나누고 때로 치열하게 자기주장을 펼치는 논쟁을 거듭하면서 깊어지는 것이 학문이라고 생각했다. 그런데 왕실과 종친의 자제들에게는 그런 자유분방5한 학문을 논할 만한 여건이 주어져 있지 못했다. 사부6와 일대일로 상대하여 가르치고 가르침을 받는 형식이었으므로, 자유로운 의견을 주고받기가 쉽지 않았던 것이다.

더구나 당시 왕실 종친들은 벼슬자리에 나갈 수 없게 되어 있었으므로 공부를 게을리하는 사람이 많았다. 임금은 그런 종친 자제들의 게으름을 우려하여 종학을 세워 학문을 익히도록 하려는 것이었다.

"얼핏 동생들한테 그런 얘길 들은 기억은 있습니다. 왕실 자제 교육기관인 종학을 건춘문 밖에 세우신다고요? 그러면 애써 입궐하지 않고도 사가에 머무는 종친 자제들이 학

---

5 자유분방(自由奔放): 격식이나 관습에 얽매이지 않고 행동이 자유로움.
6 사부(師父): 아버지와 같이 우러러 존경하는 스승.

사에 드나들 수 있겠군요?"

정의공주의 눈이 반짝반짝 빛났다.

"그렇지. 궁궐에는 아직 결혼하지 않은 왕자와 공주밖에 머물 수 없질 않느냐. 세자는 예외에 속하지만. 너처럼 출가하면 궁궐을 떠나 사가에 나가 살아야 하니, 궐 밖에 사는 종친의 자제들을 위해 일부러 건춘문 밖에 학사를 세우기로 한 것이란다. 앞으로 세자는 물론 수양이나 안평도 종학에서 학문을 익히게 될 테니, 너도 거기 가면 오빠와 동생들을 자주 만날 수 있게 되겠지."

"하지만, 출가외인7이라 시댁의 허락도 있어야 하고……."

정의공주의 얼굴이 곧 걱정하는 빛으로 어두워졌다.

"물론, 시댁 어른들과 상의가 있어야 하겠지. 그것은 염려 말거라. 내가 사돈에게 부탁해보도록 하겠다. 너는 출가를 하여 자유로울 수 없는 몸이긴 하지. 그렇지만 가끔 집안에서 갑갑함을 느낄 때는 학사에 들러 종친 자제들과 만나 학문을 논하는 것도 좋지 않겠느냐?"

"그래도 되겠사옵니까?"

---

7 출가외인(出嫁外人): 시집간 딸은 친정 사람이 아니고 남이나 마찬가지라는 뜻으로 이르는 말.

정의공주는 자신의 처지를 여러 가지로 생각해주는 임금의 배려가 너무도 고마워 눈물까지 찔끔 솟아나려고 했다.

임금은 어제 진주에서 올라온 장계의 내용을 정의공주에게 들려주었다.

"자식이 아버지를 죽이다니……. 백성들이 우매하여 이같은 천하무도[8]한 일을 저질렀으니, 이는 임금의 부덕함 때문이 아니고 무엇이겠느냐? 백성들에게 효행에 대하여 널리 가르쳐야 하는데, 글을 모르니 어찌 한탄스럽지 않겠는가? 그래서 집현전에다 일러 효행의 내용을 전할 수 있도록 삼강행실도를 그린 책을 널리 보급하라고 했느니라."

"아바마마의 용안에 수심이 가득하신 것이 바로 그 때문이었군요. 백성들도 글을 알아야 하는데, 한자가 너무 어려우니 깨우치기가 쉽지 않겠지요. 그림으로 그린다 하더라도 효행의 내용을 전하는 데는 한계가 있사옵니다. 일반 백성들만 우매한 것이 아니옵니다. 사가에 나가 살다 보니, 양반 가문이라 하더라도 한문을 모르는 아녀자들이 꽤 있사옵니다. 여자들에게 애써 글을 가르치려고 들지 않기 때

---

8 천하무도(天下無道): 세상이 어지러워 마땅히 지켜야 할 도리가 제대로 행해지지 않음.

문이옵니다. 소녀는 여자들도 글을 깨우쳐 자식들을 교육할 수 있어야 한다고 생각합니다. 그것이 어린 자식들을 바르게 키우는 어머니의 소임 아니겠습니까?"

정의공주는 평소 생각하고 있던 바를 임금에게 말했다.

"옳은 말이다. 양반가에서 아녀자들에게 글을 가르치지 않는다는 것은 아주 잘못된 일이지. 자식 교육은 어머니의 책임 크다는 네 말이 과연 옳구나. 아녀자들과 일반 백성들도 쉽게 배울 수 있는 글이 있다면 세상이 달라질 것이다. 글을 알아야 마음의 눈을 뜨지 않겠느냐?"

"아바마마, 지당9하신 말씀이옵니다. 소녀도 어려서부터 한자를 익히면서 너무 어렵다는 생각을 많이 하였사옵니다. 명나라 사신들의 말과 우리가 배우는 한자음이 달라 많은 혼동이 일어났사옵니다. 우리 발음에 딱 알맞은 글자가 필요하옵니다."

정의공주의 말에 임금은 환한 미소를 지었다.

"정의야, 네게 그 이야기를 들으려고 이리 불렀느니라. 오래전부터 우리글이 있어야 한다고 생각해 집현전 학사들

---

9 지당(至當): 이치에 맞고 지극히 정당함.

에게 일반 백성들도 쉽게 익힐 수 있는 글자를 만들어보자고 했으나, 반대가 너무 심해 지금까지 감히 엄두를 내지 못하고 있었단다.”

“아니, 왜 집현전 학사들이 반대할까요?”

정의공주는 고개를 갸우뚱거렸다.

“명나라에서 싫어할 것으로 생각하기 때문이지. 우리 조선은 유학을 숭상하여 정치의 근본으로 삼고 있는데, 그 책들이 모두 한자로 되어 있지 않느냐? 따로 우리글을 만들어봤자 한자로 되어 있는 책을 읽는 데 아무런 도움이 되지 않을뿐더러, 괜히 명나라에 미움만 사서 긁어 부스럼이 되기 십상이라는 것이야.”

임금은 말끝에 한숨을 토해냈다.

“아바마마! 우리말이 있으면, 그 발음에 어울리는 우리글이 있어야 하는 게 당연한 일 아닌가요?”

“네 말이 모두 맞다. 우리 민족은 아주 오래전부터 한자에 익숙해져 우리말의 필요성을 잘 느끼지 못한단다. 아주 옛날에 ‘가림토’라는 우리글이 있었다고 들었다. 그 글자들을 찾아 제대로 된 우리글을 만들어야 하겠다. 사실은 그래서 이번에 종학을 세우기로 한 거란다. 세자를 비롯한 왕자들과 네가 힘을 합쳐 나를 도와다오. 반드시 우리글을 만들어 백성들로 하여금 쉽게 익혀 마음의 눈을 뜨도록 하고 싶구나. 이번 진주에서 아들이 아비를 죽인 사건을 보고 나는 마음속으로 단단히 결심했단다. 어리석은 백성을 가르치려면 우리글이 있어야 한다는 것이 내 생각이다."

임금은 자애로운 눈길로 정의공주를 바라보며 가만히 고개를 끄덕였다.

3. 삼강행실도

임금이 명한 삼강행실도는 집현전 학사 설순이 맡아 진행하기로 했다. 그는 우선 《효행록》을 기본 바탕으로 하여 효행에 관한 대표적인 사례들을 가려 뽑았다.

《효행록》은 고려 말에 나온 책인데, 세종대왕의 명을 받은 설순이 이 책을 토대로 더 많은 사례를 수집하여 엮은 것이다. 설순은 고려 말 멀리 서역(위구르)에서 귀화한 설손의 손자로, 태종 때 생원으로 문과에 급제했다.

"고려 때 나온 《효행록》은 중국의 사례들이 많은데, 이번에는 우리나라 사례들도 풍부하게 넣어서 백성들이 쉽게 효행에 대해 이해할 수 있게 엮도록 하시오."

이렇게 임금은 특별히 설순을 불러 말했다.

마침내 1431년 설순은 많은 사례를 보강하여 《효행록》을 펴냈다. 이 책은 크게 효자도·충신도·열녀도 등으로 구분하여 중국과 우리나라 사례들을 실었다. 효자도에는 '순임금의 큰 효성'을 비롯한 역대 효자 110명, 충신도에는 '용봉이 간하다 죽다' 외 충신 112명, 열녀도에는 '아황·여

영이 강상에서 죽다' 외 94명 등 많은 사례들이 이야기 형식으로 소개되어 있었다.

임금은 설순에게서 이 책을 받아 읽어보고 나서, 다음과 같이 말했다.

"중국 사례가 많은 데 비해 우리나라 사례는 너무 적은 것 같소. 허나 내세울 만한 우리나라 사례들을 찾아내기가 쉬운 일은 아니었을 것이라 생각되오. 그만큼 우리나라 사람이 저술한 책들이 중국 책들에 비해 적고 내용도 빈약하기 때문일 것이오. 그러므로 앞으로 우리 집현전 학사들이 저술 작업에 크게 힘을 써야만 한다고 생각하오. 그동안 수고가 많았소. 과인이 이번에 그대의 공을 높이 사서 집현전 부제학으로 명하는 바이오."

이 같은 임금의 말에 설순은 몸 둘 바를 몰랐다. 사실상 임금의 말대로 설순이 새롭게 펴낸 《효행록》에는 우리나라 사람의 사례가 효자 4명, 충신 6명, 열녀 6명 등만 나와 중국 사례에 비하면 너무 적게 소개되어 있었다.

"황공하옵니다, 전하! 소신의 노력이 부족한 탓이옵니다."

설순은 머리를 깊이 조아렸다. 감히 임금을 바라볼 엄두가 나지 않았다.

"내 그대에게 부제학을 제수한 것은 이 책의 사례들을 다시 정선하여, 사례마다 그림으로 그려 《삼강행실도》[1]를 만들게 하기 위함이오. 화원들과 의논하여 바로 시행토록 하시오."

"전하! 지엄하신 분부, 충심으로 받들겠나이다."

이렇게 하여 설순은 임금의 명을 받아 《삼강행실도》란 책을 만드는 일에 착수했다.

새로 집현전 부제학에 제수된 설순이 《삼강행실도》란 그림책을 만든다는 소문이 나돌자, 새롭게 설립된 종학에서 공부를 하던 왕자 안평대군이 임금을 찾아와 아뢰었다.

"아바마마! 소자가 글씨와 그림을 가까이하여 화원들과 교유[2]를 하는데, 특히 그들 중 출중한 인물이 있사옵니다. 인물과 산수에 뛰어난 화원이온데, 《삼강행실도》란 그림책을 만드는 데 큰 힘이 될 것 같사옵니다."

"그 화원이 누구인고?"

임금이 반색하고 물었다.

"안견이라 하옵니다."

---

1 《삼강행실도(三綱行實圖)》: 조선 세종 때인 1434년에 만든 윤리 책이다. 임금의 명을 받고 집현전 학사 설순이 중국과 우리나라의 충신과 효자, 열녀의 이야기를 그림으로 그려 제작했다.
2 교유(交遊): 서로 사귀어 놀거나 왕래함.

왕자 안평대군은 학문도 깊을 뿐만 아니라, 특히 서예 분야에서는 천재적인 재능을 갖고 있었다. 그래서 그의 집에는 늘 학문과 시문에 능하고, 서예와 그림을 즐기는 인사들이 자주 드나들었다.

　"음, 안견이라? 그 화원을 한번 만나보고 싶구나."

　임금의 명을 받은 안평대군은 다음날 곧 안견을 대동하고 입궐했다. 그가 그린 그림도 함께 가지고 와서 임금을 알현했던 것이다.

　안견의 그림을 살펴본 임금이 말했다.

　"신기에 가까운 놀라운 재주로군!"

　임금은 곧 집현전으로 내관을 보내 설순을 불러오게 했다.

　설순이 편전으로 들어오자 임금은 안견을 소개하고 함께 연구하여 《삼강행실도》란 책을 완성하라고 일렀다.

　"전하! 그림을 그리는 것도 중요하지만, 나무판에 판각하는 것이 매우 까다로운 작업이옵니다. 세밀화를 판각하려면 각자3를 잘하는 장인들의 일손이 많이 필요하온데, 그림뿐만 아니라 그 옆에 해설하는 글까지 새겨 넣어야 하므로

---

3 각자(刻字): 글자를 새김. 또는 새긴 글자.

시간이 오래 걸릴 것이라 사료되옵니다."

설순이 아뢰었다.

"물론 쉬운 일은 아닐 것이오. 한자도 쉬운 글자로만 골라 써서 일반 백성들이 읽기 용이하게 했으면 좋겠소. 될 수 있으면 많이 찍어내 일반 백성들에게 배포해야 하므로 각자를 새길 장인들을 많이 불러다 작업을 시키도록 하시오."

"분부대로 거행하겠나이다."

설순은 편전에서 물러나와 안견과 함께 《삼강행실도》의 밑그림에 대해 논의했다.

"일반 백성들에게 널리 보급하려면 똑 같은 그림을 많이 판각하여 대량으로 인쇄해야 하므로 화원들도 여러 명이 작업에 참여해야 할 것입니다."

안견이 설순에게 의견을 말했다.

"예조에 부탁하여 도화서 화원들을 적극 참여케 할 것인즉, 그대가 책임을 맡아 화원들을 데려다 쓰시게."

설순은 곧 예조에 부탁을 했고, 안견은 도화서 화원들 중에서 최경과 안귀생을 《삼강행실도》의 밑그림을 그리는 작업에 참여시켰다. 이 작업은 3년에 걸쳐 진행되었다.

1434년 드디어 《삼강행실도》가 완성되었다. 한문으로 된 이야기를 싣고, 이야기의 순서대로 그림을 배열하여 생동감 넘치게 표현했다. 특히 충신편의 경우 말을 탄 장수들의 격투 장면을 다룬 그림이, 효자 편에서는 아름다운 산수의 그림이, 열녀 편에서는 집과 건축물의 구조를 표현한 그림이 아주 사실적으로 그려져 있었다.

"수고들 했소. 이 책을 우매한 백성들에게 널리 배포하여 즐겨 읽도록 권하시오."

임금은 글과 그림이 들어 있는 《삼강행실도》를 한 장 한 장 넘기며 제작에 참여한 사람들의 노고를 치하했다.

그러나 이야기의 내용 전개에 따라 그림을 차례로 살펴보던 임금은 우매한 백성들이 그림만 보고 얼마나 그 이야기를 이해할 수 있을지 매우 걱정되었다. 이야기 자체가 한자로 되어 있으므로, 아무리 그림으로 자세히 보여주더라도 이해하는 데는 한계가 느껴질 것 같았기 때문이다.

임금은 정의공주를 궁궐로 불러 여러 권의 《삼강행실도》를 주고, 사가의 이웃들에게 읽혀보게 했다. 그러고 나서 얼마 후 정의공주가 다시 입궐했을 때 일반 백성들, 특히 아녀자들의 반응이 어떠한지 물었다.

"아바마마, 아녀자들은 한문을 모르므로 그림만 보고 이야기를 짐작하는데, 어렴풋이 어떤 내용인지 이해하는 것 같긴 했으나 한문으로 설명한 이야기들을 속속들이 알지는 못했습니다. 그래서 소녀가 한문으로 된 이야기를 설명해 주니, 그때서야 알아듣는 표정들이었습니다."

정의공주의 말에 임금도 짐작은 하고 있었다는 듯 한참 동안 고개를 끄덕거렸다.

"그랬을 테지. 아무래도 그림만으론 이야기를 전달하는 데 부족함이 많아. 일반 백성들도 쉽게 읽을 수 있는 우리 글이 있어야 하지 않겠느냐?"

"아바마마! 소녀의 생각도 그러하옵니다. 연전에 시댁의 일로 죽산에 내려갔다가 속리산 복천암에 들른 일이 있사 옵니다. 그곳에서 한 스님을 만났는데, 범어4에 아주 능통 하였사옵니다. 범어가 우리 어법과 같아서 배우기 쉽다고 스님이 말했사옵니다. 스님의 얘기에 의하면 범어는 51자 로 모든 말을 적을 수 있으므로, 그 글자만 익히면 배우기 쉽다고 하옵니다."

"오호! 범어라 하면 천축(인도)의 글이 아닌가?"

"그러하옵니다. 원래는 불경도 모두 범어로 되어 있는데, 우리가 배우는 불경은 인도나 중국 스님들이 범어를 한문

---

4 범어(梵語): 고대 인도어.

으로 옮긴 것이라 하옵니다. 그래서 그 스님은 한문 불경보다 범어로 된 원전을 읽는 것이 훨씬 이해도 빠르고 편하다 했사옵니다."

"그 스님의 법명5이 무엇이라더냐?"

임금은 범어로 불경을 읽는다는 스님에 대해 관심이 많았다.

"법명이 신미라 하옵니다."

"범어로 불경을 읽는 스님이라?"

임금은 정의공주를 통해 승려 신미에 관한 이야기를 듣고 나서 범어에 대해 깊은 관심을 갖게 되었다.

"아바마마, 소녀가 다시 한 번 시간을 내서 속리산 복천암에 다녀오겠사옵니다."

정의공주는 이미 임금의 마음을 읽고 있었다.

"오, 그렇게 해주면 좋겠구나. 아직은 누구에게도 말하지 말고, 그저 불공을 드리러 간다고 하면서 다녀오도록 해라."

임금은 그러면서 범어에 대해 좀 더 알고 싶다며, 은근히 그 뜻을 전하라고 정의공주에게 당부하는 것도 잊지 않았다.

---

5 법명(法名): 출가하여 절에서 행자(行者)로서 일정 기간 수행한 뒤, 계(戒)를 받을 때 스승이 지어 주는 이름.

정의공주가 불교에 관심을 갖게 된 것은 모친인 소헌왕후의 영향을 받았기 때문이다. 소헌왕후는 선대왕인 태종이 세종에게 양위한 직후 친정 심씨 집안에 일어난 일대 참극을 겪고 나서 불교에 심취했다. 상왕이 된 태종은 사돈인 청천부원군 심온을 역적으로 몰아 사약을 내려 죽였다. 외척 세력의 정치 관여를 미리 막아 아들 세종이 임금 노릇을 제대로 할 수 있도록 길을 터주겠다는 것이 당시 태종의 생각이었다.

  이때 소헌왕후는 그 누구에게도 항의 한 번 할 수 없었다. 시아버지인 태종이 너무 무서워 감히 억울함을 호소하지 못한 채 혼자 가슴앓이를 했을 뿐이었다. 오직 할 수 있는 것은 억울하게 죽은 친정아버지의 극락왕생6을 비는 길이라고 생각했다. 그래서 궁궐 밖의 절을 자주 찾아가 불공을 드렸고, 그때마다 어린 정의공주도 동행하다 보니 자연스럽게 불교를 믿게 되었다.

  정의공주는 모친 소헌왕후의 심덕을 그대로 빼어 닮았다. 그래서 임금은 특히 맏딸이 죽고 나서 둘째 딸 정의공주를 더욱 애틋하게 생각하였다.

---

6 극락왕생(極樂往生): 죽은 후 극락정토에서 다시 태어남.

4. 승려 신미

때마침 죽산 안씨 집안에 시제[1]가 있었다. 정의공주는 시아버지와 남편 안맹담이 죽산으로 시제를 지내러 갈 때 자신도 따라가겠다고 나섰다.

"먼 길인데 괜찮겠느냐?"

시아버지가 정의공주에게 물었다.

시아버지인 안망지는 함흥 부윤을 지낸 바 있었다. 벼슬자리에서 물러난 후에 서책을 가까이하면서 집안의 대소사[2]를 챙겼다. 당시 죽산 안씨를 대표하는 집안의 큰 어른이었다.

"아버님, 죽산에 갔다가 겸사겸사 속리산 복천암에 한 번 들러볼까 해서요."

"오, 우리 며느리가 불심이 아주 돈독하구나. 그러면 가마를 준비해야겠구나."

---

1 시제(時祭): 한식이나 10월에 조상 묘소를 찾아가 지내는 제사.
2 대소사(大小事): 크고 작은 일.

안망지는 아들 안맹담에게 말 두 필과 가마를 준비하도록 일렀다.

"아버님, 번거롭게 해드려 죄송하옵니다."

정의공주는 가마를 타게 되면 가마꾼까지 두 명 딸려가야 하므로 일행이 더 늘어날 수밖에 없었다.

안망지와 안맹담 부자는 말을 타고 앞장섰고, 정의공주는 가마를 타고 그 뒤를 따랐다.

시제를 마치고 나서 시아버지 안망지는 죽산 안씨 종가에서 더 머물기로 하고, 정의공주와 남편 안맹담은 속리산 복천암으로 향했다.

속리산 복천암으로 오르는 길은 매우 가팔랐다. 그래서 가마를 산 밑에 두고 걸어서 암자까지 올라가기로 했다. 문무를 겸비한 건장한 사내인 안맹담도 숨이 턱에 차오르는 판인데, 정의공주는 열심히 쉬지 않고 발걸음을 재촉했다.

"내 미처 부인의 불심이 이리 깊은 줄 몰랐소이다."

남편 안맹담이 서너 발짝 앞서 올라가는 정의공주를 바라보며 말했다.

"힘드시면 천천히 오셔도 돼요. 먼저 가서 불공부터 드리고 있을게요."

정의공주는 더욱 걸음을 빨리했다.

임금이 범어에 깊은 관심이 있다는 것을 알게 된 정의공주는 어서 빨리 신미를 만나보고 싶은 마음뿐이었다. 이 기회에 신미로부터 직접 범어에 대한 공부도 해보자는 욕심 또한 생겼다.

안맹담은 유학자였으므로 불교에는 큰 관심이 없었다. 정의공주가 불공을 드리는 동안 복천암 주변을 산책하며 붉게 물든 단풍들을 구경했다.

불공을 드리고 난 정의공주는 신미와 차를 마시며 담소를 나누었다.

"저번에 스님께서 말씀하신 대로, 임금님께 우리나라 말의 발음과 범어가 비슷한 점이 많다는 이야기를 전해드렸지요. 그랬더니 임금님께서도 범어에 대해 깊은 관심을 보이셨습니다."

"허허, 그래요?"

"임금님께서는 일반 백성들이 쉽게 익힐 수 있는 우리글이 필요하다고 생각하십니다. 한자는 너무 어려워 소통이 되지 않는다고 하시면서."

그러면서 정의공주는 진주에서 '김화'라는 자가 아버지를 살해한 사건을 접하고 임금께서 상심이 매우 크셨다는 이야기며, 일반 백성들에게 효행을 가르치기 위해 그림으로 쉽게 이해할 수 있도록 펴낸 《삼강행실도》란 책에 대한 이야기도 들려주었다.

"나무관세음보살!"

신미는 김화의 이야기를 듣자 두 손을 모아 합장을 하며 조용히 기도를 올렸다.

"한데 범어가 우리 발음과 비슷하다는 말씀하셨는데, 구체적으로 어떤 것들이 그러한지 알 수 있겠는지요?"

기도가 끝나기를 기다리고 있던 정의공주는, 신미가 눈을 뜨자 조심스럽게 물었다.

"범어에 '마도사남'이라는 말이 있습니다. 우리말의 '사람'이라는 말과 같은 뜻이지요. '사남'과 '사람'은 뜻뿐만 아니라 발음까지 비슷하지 않습니까?"

"오, 그렇군요!"

정의공주의 입에서 감탄의 소리가 흘러나왔다.

"범어로 '아마'는 '여자'를 뜻합니다. 우리말에서는 한자인 '모(母)'를 '엄마'라고 하고, 일반 백성들 사이에선 '어미'라고 발음하지요. 범어의 '아마'는 우리말의 '엄마'나 '어미'와 같은 뜻이지요."

"정말 비슷하네요!"

"하나만 더 예로 들어볼까요? 범어로 '보타'는 '바다'를 말합니다. '보타'와 '바다'는 발음이 비슷하며, 같은 뜻이지요."

신미의 말에 정의공주는 너무 감격하여 가슴이 몹시 두근거리기까지 했다.

"어찌 그렇게 비슷할 수 있을까요?"

"어린아이가 처음 말을 배울 때 '엄마'부터 발음을 하지요. 한자의 '모(母)'도 실상은 '엄마'에서 앞의 '엄' 자를 빼고 '마'만 읽을 때 비슷한 소리가 됩니다. 한자의 '부(父)'는 우리말로 '아버지'가 아닙니까? 앞에 글자 '아'와 뒤에 글자 '지'를 빼면 가운데 글자 '버'는 한자의 '부'와 비슷한 발음이 되지요. 이처럼 사람들이 가장 많이 즐겨 사용하는 말은 나라마다 조금씩 다르나 발음이 비슷한 경우가 많습니다."

신미는 그러더니 정의공주에게 범어로 된 불경을 보여주었다.

어려서부터 한자를 익힌 정의공주는 범어가 아주 생소해 보이긴 했으나, 한자보다 훨씬 간결하다는 것을 느낄 수 있었다.

"스님께선 범어로 불경을 읽으시니, 반야심경3을 가지고

---

3 반야심경(般若心經): 불자들에게 가장 많이 알려지고, 즐겨 읽히는 불교 경전. 정확한 명칭은 '마하반야바라밀다심경'이다.

범어로 염불을 할 수도 있겠네요?"

"공주마마께옵서 반야심경을 다 알고 계시다니요?"

신미는 정의공주를 바라보며 빙그레 미소를 지었다.

"반야심경은 다른 경전에 비해 짧아서 욀 수 있습니다. 260자밖에 안 되잖아요?"

"허어, 유교를 숭상하는 조선 왕실에서도 불경을 가까이하다니. 소승은 이처럼 반가울 수가 없사옵니다."

"대신들은 유교를 정치의 덕목으로 삼으니 불교를 배척하려고 들 수밖에요. 그러나 왕실에서는 유불선4을 크게 따지지 않사옵니다. 물론 겉으로는 유교를 덕목으로 삼고 있지만, 왕실에서는 불교와 도교를 아주 등한시할 수 없습니다. 우리 민족의 전통과 정신이 스며들어 있으니까요. 그래서 왕실에는 아직도 여인들을 중심으로 불심을 가진 사람들이 많습니다."

정의공주의 말에 신미는 눈을 감은 채 조용히 고개를 끄덕거렸다.

이때 정의공주는 친모인 소헌왕후가 독실한 불교 신자이

---

4 유불선(儒彿仙): 유교·불교·선교(道敎)를 아울러 이르는 말.

고, 자신도 그 영향을 받았다고 말하고 싶었다. 그러나 말이 목구멍에 걸리는 것을 끝내 입 밖으로 흘리지는 못했다. 딸의 입장이 되어 소헌왕후의 깊은 마음속까지 다른 사람에게 드러내고 싶지는 않았기 때문이다.

"딴은 그렇군요. 경복궁 옆에 소격전5이 있다는 얘기도 들었습니다. 왕실에서 옥황상제를 모시고 하늘에 제를 올린다고 하여 유생들의 반대가 심하다고요?"

"이렇게 깊은 산속의 암자에 앉아서도 스님께선 세상일을 다 듣고 계시는군요."

"허허허! 발 없는 말이 천 리를 간다고 하지 않사옵니까? 이렇게 가만히 앉아 있어도 세상에 떠도는 말을 신도들이 대신 전해줍니다."

"스님, 이제 범어로 반야심경을 들려주세요."

정의공주는 잠시 잊고 있었다는 듯 눈을 빛내며 말했다.

"정 듣고 싶으시다면 법당으로 가시지요. 부처님께 정식으로 불공을 드리는 게 좋겠습니다. 소승이 반야심경을 범어로 불공드릴 때 공주마마께서는 백팔 배를 하셔야 하옵

---

5 소격전(昭格殿): 조선 시대에 하늘과 땅과 별에 지내는 도교의 제사를 맡아보던 관청.

니다. 그렇게 하실 수 있겠사옵니까?"

그러더니 신미는 껄껄대고 큰 소리로 웃으며 일어섰다.

"백팔 배를 안 하면 범어로 불공드리는 걸 들을 수 없다는 말씀인가요?"

정의공주도 따라 일어나며 웃었다.

"백팔 배가 쉬운 일은 아닐 것입니다. 이 산에 올라올 때보다 더 힘들지도 모릅니다."

"스님의 범어 불공을 듣는데, 백팔 배가 문제겠습니까? 그 이상도 할 수 있으니 염려 마세요."

정의공주는 곧 신미를 따라 법당으로 들어섰다.

잠시 후 신미는 목탁을 두드리면서 범어로 된 반야심경을 외기 시작했다.

낮에도 너무 고즈넉하여 산새 소리만 들려오는 산속에 목탁 소리와 어우러진 신미의 범어로 된 염불 소리가 청아하게 울려 퍼졌다.

5. 비밀의 약속

어느 날 임금은 왕자들의 공부하는 모습을 보기 위해 종학으로 몸소 행차했다. 때마침 임금이 내관을 불러 정의공주도 오라고 해서 종학에서 대기하고 있었다.

종학 내실에는 임금을 비롯하여 세자와 정의공주, 그리고 수양대군과 안평대군 두 왕자가 함께 자리하고 있었다. 그동안 세월이 흘러 모두 결혼을 해 세자는 궁궐에 있지만 나머지 세 자녀는 사가에서 살고 있었으므로, 임금도 자식들과 자리를 함께 하는 것은 실로 오랜만의 일이었다. 종학에서 공부를 가르치는 성균관 박사들이나 다른 종실 자제들은 참석시키지 않았다.

임금은 내관들도 잠시 물러가 있게 했다.

"일반 백성에게 널리 배포한 《삼강행실도》에 대하여 너희들은 어찌 생각하느냐?"

그때 수양대군이 먼저 대답했다.

"아바마마, 아랫것들과 그 이웃들에게 읽혀본 결과 기대만큼 큰 효과를 얻지는 못한 것 같사옵니다. 그림은 볼 줄 알지만, 한자를 모르니 그 내용을 정확히 아는 자가 드물뿐더러 도무지 관심을 가지려고 하질 않습니다. 효행은 양반들이나 지키면 되는 덕목1쯤으로 알고 있는 자들이 대부분이옵니다."

"허허, 그렇다면 《삼강행실도》를 만드느라 고생한 보람이 없질 않느냐?"

"그렇지는 않사옵니다. 일반 백성들이 조금이라도 깨우친 바가 있다면, 이는 매우 의미 있는 일이 아니겠사옵니까? 천 리 길도 한 걸음부터라는 말이 있듯이, 조금씩 깨달아갈 것이라 사료되옵니다."

적이 실망한 눈빛의 임금을 바라보며 세자가 아뢰었다.

"세자의 말도 맞긴 하다. 한데 수양의 말을 들으니 이제는 뭔가 새로운 방도를 찾아야 할 것이란 생각이 들기도 하는구나."

임금은 이미 다른 신하들로부터도 일반 백성들에게 《삼강행실도》가 어떤 효력을 발휘하고 있는지 듣고 있었다. 그래서 오래도록 고민을 거듭하다가 왕자들과 공주를 만나보

---

1 덕목(德目) : 충(忠)·효(孝)·인(仁)·의(義) 따위의 덕을 분류하는 명목.

기로 한 것이었다.

"아바마마께서 우리글에 대해 깊은 관심을 가지고 계신
다는 걸 진즉부터 알고 있었습니다. 저희는 아바마마께옵
서 하시고자 하는 일에 적극 나설 것이옵니다."

이번에는 안평대군이 말했다.

"일전에 신미 스님을 만나고 와서 아바마마께 말씀드렸
지만, 범어가 우리말과 가까운 것은 사실이옵니다. 한자만
대하다가 범어 글자를 보니 조금 색다르긴 했습니다. 그러
나 매우 간결한 데다 닿소리 글자(자음) 35자와 소리글자
16자를 합해 총 51자만 가지고 결합해 모든 발음을 적어낼
수 있으므로 배우기 쉽다는 생각이 들었습니다."

정의공주도 임금이 지금 어떤 결심을 하고 있는지 잘 알
고 있었다.

"그래, 지난번에 공주가 신미 스님에게서 얻어온 범어의
글자를 보았느니라. 어서 신미 스님도 한번 만나보고 싶구
나."

임금은 범어로 된 글자를 보고 나서 더욱 승려 신미를 만
나보고 싶어 했다.

"시간을 내서 한 번 상경한다고 했는데, 아직 소식이 없
사옵니다. 다시 사람을 보내 신미 스님을 모시고 오도록 하

겠사옵니다."

정의공주도 범어를 제대로 한번 배워보고 싶은 욕심에 신미의 상경을 고대하고 있었다.

"그동안 여러 번 집현전 학사들과 우리글 만드는 일을 논의해 보았으나, 찬성하는 사람이 아무도 없었다. 명나라에서 알면 큰일이라고 하는데, 대체 저들이 어느 나라 대신인지 누구의 신하인지 모르겠구나. 그래서 고민 끝에 내가 직접 우리글을 만들기로 결심하고, 이렇게 너희들을 만난 것이다. 앞으로 너희 형제자매가 똘똘 뭉쳐 나를 적극 도와줘야겠다. 세자는 내가 하던 정무2의 일부를 맡아서 하도록 하고, 나는 시간을 쪼개어 우리글 만드는 데 힘쓰겠다. 그러하니 정의 너는 수양과 안평 두 동생과 함께 우리글 만드는 일에 심혈을 기울이도록 해라. 다만 이 일은 대신들 모르게 진행해야 한다. 그들이 어떻게 해서든 방해 공작을 벌일 것이 틀림없기 때문이다. 모두 내 말을 알아듣겠느냐? 당분간 우리글 만드는 일은 우리끼리만 아는 비밀로 해두어야 한다."

---

2 정무(政務) : 정치나 국가 행정에 관계되는 사무.

임금의 말에 모두 적극 돕겠다고 맹세를 했다.

"고맙구나. 내 자식들밖에 미더운 사람이 없다니……."

임금은 그러면서 깊은 한숨을 내쉬었다.

"이 나라는 재상들의 권력이 너무 센 게 탈입니다. 대체 누구의 나라인지 모르겠사옵니다."

수양대군이 불만을 토로했다.

"그럼, 너는 이 나라가 누구의 것이라 생각하느냐?"

임금이 문득 수양대군을 날카롭게 쏘아보며 물었다.

"당연히 군주이신 아바마마의 나라가 아니옵니까?"

"그게 무슨 소리냐? 이 나라의 주인은 임금도 아니고 재상도 아닌, 백성들이다. 그래서 나는 백성들을 널리 이롭게 하려고 배우기 쉽고 사용하기 편리한 우리글을 만들려는 것이다. 앞으로 수양은 그 혈기3를 좀 죽여야 할 것이야. 피가 너무 끓어 넘치면 행동이 앞서므로 실수가 잦으니라. 마음을 다스리기 전에 먼저 몸이 움직이니, 그러하다는 것이다."

---

3 혈기(血氣) : 1) 피의 기운이라는 뜻으로, 힘을 쓰고 활동하게 하는 원기를 이르는 말. 2) 격동하기 쉬운 의기. 3) 혈액과 기식(氣息)을 아울러 이르는 말. 또는 그것을 가진 살아 있는 것.

임금은 수양대군을 볼 때마다 문득문득 부왕인 태종을 빼어 닮았다고 생각했다. 할아버지와 손자의 타고난 모습이 그러했고, 성격도 대차고 급한 것이 거의 똑같았다.

"네, 아바마마! 앞으로 조심 또 조심하겠사옵니다."

수양대군은 임금의 질책4에 찔끔하여 고개부터 숙였다. 그렇다고 그는 자신이 잘못된 소리를 한 것은 아니라고 내심 생각을 돌이켰다.

"너희들끼리 모이는 장소로는 이 종학당이 좋을 것 같다. 왕실과 종친 자제들이 모이는 곳이니, 집현전 학사들의 의심을 살 염려도 없을 게다. 또한 신미 스님이 상경하면 궁궐 안보다는 이곳이 비밀리에 만나 논의하기 좋은 장소가 될 것이다."

임금의 말에 정의공주가 새로운 제안을 내놓았다.

"아바마마! 우리글 만드는 일을 집현전 학사들 눈을 피해 비밀리에 진행해야 한다면, 신미 스님을 이곳에 자주 출입하게 하는 것도 남의 눈에 띄어 좋지 않을 듯싶사옵니다. 마침 소녀의 집이 여기서 그리 멀지 않으니 신미 스님을 만

---

4 질책(叱責) : 꾸짖어 나무람.

날 때는 그곳을 이용토록 하는 것이 어떠하올는지요?"

"그것이 좋겠구나."

"시댁에는 미리 허락받아 놓도록 하겠사옵니다."

그러면서 정의공주는 남편 안맹담이 지리산 복천암에 함께 다녀온 이후 점차 불교에도 많은 관심을 가지게 되었다고 덧붙였다.

"오, 그래! 연창군이 불법을 좋아한다고? 그것 참 다행스러운 일이로구나."

모처럼 임금은 용안 가득 환한 미소를 지었다. 연창군은 정의공주와 안맹담이 결혼하여 부마로 봉해지면서 붙여진 명칭이었다.

"아바마마! 신미 스님과 자주 만나 우리글 만드는 일을 의논하려면 속리산 복천암에서 이곳 한양 땅으로 아예 거처를 옮기도록 하는 것이 어떨는지요?"

이렇게 제안한 것은 안평대군이었다.

"그것도 좋겠구나. 신미 스님이 원한다면 말이다."

"소자가 신미 스님의 거처로 적당한 조용한 사찰을 알아보도록 하겠사옵니다. 불법에 조예가 깊으신 작은 백부5님께 말씀드리면 아마도 좋은 방도가 있을 것이옵니다."

이번에는 수양대군이 나섰다. 그가 말하는 '백부'란 임금의 둘째 형인 효령대군을 말하는 것이었다.

임금도 바로 알아들었다. 효령대군은 전부터 전국을 유람하며 고승들과 두텁게 친분을 쌓아가며 지냈으므로, 신미가 주지로 있을 만한 사찰을 주선하는 일은 그리 어렵지 않으리라 생각했다.

"그렇구먼! 수양, 네가 효령 형님과는 자주 만나니 그렇게 하는 것이 좋겠다."

"네 아바마마! 조만간 작은 백부님을 만나 뵙도록 하겠사옵니다."

수양대군은 효령대군과 배짱이 맞아, 그를 만나게 될 일이 벌써 즐거워 얼굴 가득 환한 미소를 지었다.

"모두 고맙구나. 그동안 나 혼자 궁구6해오던 것을 너희들에게 털어놓으니 마음이 한결 홀가분해진 느낌이 드는구나."

이 말을 끝으로 임금은 일어섰다.

임금이 종학당에 다녀간 직후 정의공주, 그리고 수양대군과 안평대군 두 왕자는 우리글 만드는 일을 효율적으로

---

5 백부(伯父) : 큰아버지를 이르는 말.
6 궁구(窮究) : 속속들이 파고들어 깊게 연구함.

진행하기 위해 각자 업무 분담을 하기로 했다. 정의공주는 수시로 궁궐을 출입하며 임금과 연락을 취하는 일을 맡았다. 그리고 수양대군은 효령대군을 만나 복천암 승려 신미가 거처할 사찰을 정하는 임무를 자청했다. 안평대군은 집현전 젊은 학사들과 자주 어울려 시를 짓고 학문 논하기를 즐겨했으므로, 그들 중 우리글 만드는 데 일조할 수 있는 인물이 있는지 은밀하게 알아보기로 했다.

6. 연주암과 효령대군

수양대군은 먼 길을 가야 했으므로 말을 타고 시종 한 명에게 경마를 잡혀 집을 나섰다. 약현을 지나 숭례문 앞으로 빠지면 용산이었고, 거기에 한강을 건너는 나루터가 있었다. 그는 곧 배를 타고 한강을 건너서 관악산으로 향했다.

관악산은 경복궁에서 마주 바라다보이는 산으로, 바위가 많아 산세가 매우 험했다. 당시 효령대군은 관악산 자락에 안긴 연주암에 머물고 있었다.

태종 때 첫째 아들인 양녕대군이 세자에서 물러나고 셋째 아들인 충녕대군이 세자가 되었을 때였다. 둘째 아들 효령대군이 동생인 세자에게 부담을 주지 않기 위해 형 양녕대군과 함께 궁궐을 나와 처음 거처한 곳은 관악산의 대표 사찰 관악사였다.

강 건너로 경복궁이 잘 바라다보이는 관악사에서 불공을 드리며, 세자 충녕대군이 훌륭한 임금이 되기를 빌었다. 그러나 양녕대군은 자꾸만 자신이 세자였던 시절을 떠올리게 되었고, 효령대군도 한때 세자가 되기를 꿈꾸었던 적이 있으므로 정면으로 바라다보이는 경복궁을 마주하기가 괴로웠다.

불심이 깊었던 효령대군은 생각다 못해 사찰을 그 반대쪽으로 옮기기로 마음먹었다. 절도 그 규모를 줄여 재건했으며, 그때 사찰 이름도 관악사에서 연주암으로 바꾸었다.

수양대군은 바로 그 연주암으로 효령대군을 찾아갔다.

"백부님, 그간 강녕하셨사옵니까?"

수양대군은 호쾌한 목소리로 효령대군에게 허리 숙여 인사했다.

"허허! 수양 조카가 여기까지 웬일인가?"

효령대군은 왕자 중 호남아 같은 기상을 가진 조카 수양대군을 특히 좋아했다.

"백부님께 마음 다스리는 법이나 한 수 배울까 하고 왔지요."

이처럼 수양대군은 효령대군 앞에서 스스럼이 없었다.

"마음 다스리는 법이라? 허허 헛, 조카에게도 마음 다스릴 만큼 심란한 일이 있었던가?"

효령대군 또한 그런 수양대군이 썩 마음에 들었다.

"공부가 부족한 탓이겠지요."

수양대군은 효령대군의 말에 자신의 마음을 들킨 것 같

아 얼른 변명했다.

"벌써 여러 해 전에 금상1께서 왕실과 종친 자제들을 위하여 건춘문 밖에 종학을 열었다 들었는데, 그 공부로도 부족한가?"

"마음공부가 학문 가지고 될 법이나 하겠습니까? 백부님처럼 절간에서 불법을 닦는 것이 마음 다스리는 데는 최상의 방법 아니겠습니까?"

"허허 헛! 이렇게 먼 곳까지 찾아주었으니, 우리 차나 한 잔하세."

효령대군은 조카 수양대군을 요사채로 안내했다. 거기에선 이미 동자 하나가 차를 준비하고 있었다.

"작설차로군요?"

"선암사 주지가 보내온 작설차라네. 지난 곡우 때 잎을 딴 것이라고 하더군. 허나 이곳은 절간이라 우리 조카님에게 곡차가 아니라 작설차를 대접하게 돼서 심히 미안하이."

효령대군은 그러면서 껄껄대고 호탕하게 웃었다.

---

1 금상(今上): 현재 왕위에 있음. 또는 그런 임금.

“무안하게 이 무슨 말씀이옵니까? 절간이라 백부님께 드릴 호리병 하나 꿰차지 않고 왔습니다.”

수양대군은 전부터 가끔 효령대군과 술상을 마주한 적도 있어서 서로 속마음까지도 털어놓는 사이였다.

“그래, 궁궐 소식이나 전해주시게.”

효령대군의 말에 수양대군은 슬쩍 동자의 눈치를 살폈다.

“실은 비밀을 요하는 일이라서.”

“들어도 벙어리처럼 입이 무거운 아이지만, 비밀 이야기라 하니 나 혼자 듣기로 하지. 넌 조금 나가 있거라.”

동자가 찻잔을 다탁 위에 올려놓고 방을 나갔다.

“아바마마께옵서 집현전에 비밀로 한 채 우리글을 만드시겠다고 하십니다. 그래서 정의 누님과 저, 그리고 안평 아우까지 세 명이 우리글 만드는 일에 참여키로 했습니다. 거기 또 한 사람이 있는데, 속리산 복천암에 있는 신미 스님을 한양으로 불러올릴 계획입니다.”

“신미 스님이라? 나도 그 스님을 일찍이 알고 있었지. 출가하기 전에 그는 성균관 유생이기도 했었거든.”

“그래요? 만나본 적이 없어 아직 잘은 모르오나 정의 누님이 만나본 바로는 범어에 아주 능통하다 하옵니다. 범어가 우리말과 어순이 같아, 한자로 읽은 불경보다 범어로 읽으면 훨씬 이해가 빠르다고 하더군요."

수양대군은 한 살 많은 누이 정의공주에게서 들은 대로 말했다.

"허면, 그 신미 스님이 범어에 능통하다니 우리글 만드는 데 도움이 되겠구나"

"그러할 것입니다."

"내게 찾아온 용건은 신미 스님의 거처 문제겠지?"

"바로 맞추셨사옵니다."

효령대군은 잠시 허공을 쳐다보며 생각에 잠긴 듯했다. 그러다가 문득 입을 열었다.

"그런데 집현전에 비밀로 하고 우리글을 만든다는 것은 무슨 이유 때문인고?"

"아바마마께서 집현전 수장인 부제학 최만리에게 넌지시 우리글을 만드는 것이 어떠냐고 의향을 떠봤던 모양입니다. 한데……."

"한데?"

효령대군이 눈을 크게 뜨고 되물었다.

"최만리의 반대가 너무 심하더랍니다. 한자를 배우던 조선이 우리글을 만든다면 명나라가 어떻게 나오겠느냐는 것입니다. 배은망덕2이라는 것이지요. 더구나 유학의 경전인 사서오경이 모두 한자로 되어 있는데, 우리글이 무슨 소용이냐며 반대를 하고 나섰다는 것입니다."

"허헛, 참! 왕실에서 부처를 믿는다고 하여 정도전은 〈불씨잡변〉이란 글로 불교를 욕하더니, 이젠 집현전 학사들이 우리글 만드는 일을 배척하고 나섰구먼! 이래서야 어찌 왕권이 서겠는가?"

효령대군의 목소리가 높아졌다.

"아바마마께선 우리글을 만들어 불경을 번역하는 사업도 하실 계획입니다. 불경이 모두 한자로 되어 있으니 일반 백성이 어찌 그 깊은 뜻을 이해할 수 있겠느냐는 것이지요. 삼강행실도를 그림으로 그려 책을 편찬한 것도 일반 백성들을 사랑하는 아바마마의 마음이 담겨 있는 것 아니겠습니까? 그런데 그림으로만은 이해가 안 되니 옆에 한자로 설명을 했는데, 만약 우리글이 만들어져 백성들이 쉽게 읽을 수만 있다면 애써 그림으로 그려서 책을 엮는 수고를 덜 수 있겠지요."

---

2 배은망덕(背恩忘德): 남에게 입은 은덕(恩德)을 잊고 배반(背反)함.

수양대군도 은근히 마음속에서 화가 치밀어 올랐다. 집현전 학사들이 감히 임금의 하고자 하는 일을 거역한다는 사실이 심히 괘씸하게 생각되었다. 그것은 유학을 내세운 신하들이 감히 왕권에 도전하는 것과 다를 바 없는 일이기 때문이었다. 사실 임금이 우리글을 만들겠다는 것은 백성에게 쉬운 글을 읽혀 널리 보급하겠다는 목적도 있지만, 그 속내에는 유교를 표방하여 신권을 강화한 대신들의 고집을 꺾어 약화된 왕권을 회복하고자 하는 마음 또한 있음을 그는 모르지 않았다.

"삼강행실도에 대해선 나도 알고 있네. 백성을 그만큼 위하는 것을 보면 과연 금상께선 성군이 되실 것이로세. 우리글을 만들어 불경을 쉽게 번역하겠다니, 나는 백번 찬성이네. 일단 조카는 가서 기다리시게. 내가 조만간 사람을 보내 신미 스님이 거처할 암자를 알아보도록 함세. 아무래도 궁궐에서 그리 멀지 않으면서 은신하기 쉬운 곳이라야 하겠지?"

효령대군은 그러더니 한참 동안 고개를 끄덕거렸다.

"저는 이 길로 신미 스님을 만나기 위해 속리산으로 갈 예정입니다. 그럼, 백부님만 믿고 산에서 내려가겠습니다."

수양대군은 효령대군에게 큰절을 올리고 일어섰다.

7. 수성동 시회

　왕자 안평대군의 집은 인왕산 자락과 붙은 수성동 계곡에 있었다. 비가 많이 내릴 때는 인왕산 계곡물이 폭포수처럼 쏟아져 물소리가 매우 아름다운 곳이었다. 더구나 주변에 송림이 우거져 솔바람 소리까지 들리니 아름다운 경치속에서 시흥이 절로 우러나오지 않을 수 없었다.

　어느 날 안평대군은 집현전 학사들을 집으로 초청했다. 박팽년·신숙주·하위지·이개·성삼문 등 집현전의 젊은 학사들은 자주 안평대군의 집 근처에 있는 수송동 계곡 정자에 모여 시를 짓고 읊으며 친밀하게 지냈다. 이 시회1에는 젊은 집현전 학사들보다 좀 나이가 들었지만 예문관 직제학 정인지도 참석하고 있었다.

　"우리 오늘은 한자로 지은 한시를 읊고, 그것을 다시 우리말로 쉽게 옮겨보는 것이 어떻겠소?"

---

1 시회(詩會): 시인이나 시의 애호가들이 시를 짓거나 시에 관하여 토론·감상·연구하기 위한 모임.

안평대군이 먼저 그런 제안을 했다.

"한시면 됐지, 우리말로 옮겨서 무슨 재미가 있겠소? 여기 계신 분들이 모두 한시에 능통하니, 굳이 그것을 이해하지 못할 사람이 없지 않소이까?"

박팽년이 안평대군의 말을 바로 받아쳤다.

"모름지기 한시는 운이 있어야 하는데, 우리말로 옮기면 그냥 밋밋해져 멋스러움이 덜합니다. 한시처럼 글자가 딱 들어맞지도 않고요."

이개도 한마디 했다.

"우리말이라고 해서 운치가 없는 것은 아니지요. 한자와 우리말은 어순이 반대로 되어 있어 그렇지, 잘만 풀이하면 우리말의 멋스러움도 제대로 살릴 수 있을 것 같습니다."

신숙주의 이 같은 말에 안평대군은 마치 자신이 하고 싶었던 말을 대신 한 것 같아 기뻤다.

"대군께서 좋은 의견을 내놓으셨으니, 우리 그렇게 한 번 해보십시다."

성삼문도 찬동했다.

이렇게 되자 다른 집현전 학사들도 더는 반대하는 사람이 없었다.

집현전 학사들은 각자 한시를 지어, 그것을 우리말로 옮겨 읊었다.

"아하! 자구가 좀 맞지 않아서 그렇지 시조를 읊는 맛이 납니다. 우리 앞으로 우리말로 된 시조도 지어 발표하도록 합시다."

안평대군은 매우 기분이 좋아 문사들에게 술잔을 돌리며 말했다.

"대군께서 우리말에 이토록 관심을 두고 있는 줄 몰랐소이다."

나이가 좀 많은 정인지가 모두에게 술을 권하며 좌우를 둘러보았다.

"전하께서 우리말에 관심이 많으시니, 부전자전2이 아니겠습니까?"

이개가 추임새를 넣었다.

"대군께 한 가지 묻고 싶은 게 있소이다. 전하께서 요즘 우리글을 만들겠다고 하신다는데, 그것이 사실인지요?"

신숙주가 눈을 빛내며 안평대군을 쳐다보았다.

---

2 부전자전(父傳子傳): 아버지가 아들에게 대대로 전한다는 뜻으로, 아버지와 아들의 모습이나 행동이 많이 닮았을 때 쓰는 말.

"그래요? 금시초문3입니다. 집현전에 그런 소문이 떠돌고 있던가요?"

안평대군은 시치미4 뚝 떼고 신숙주에게 되물었다.

"전하께서 집현전 학사들에게 우리글을 만드는 일을 논의해 보라 했는데, 부제학 최만리 대감이 반대를 하고 나섰답니다."

오래도록 침묵을 지키고 있던 성삼문도 한마디 했다.

"전하께서 제안하신 일을 반대하다니요?"

안평대군은 일부러 몹시 불쾌한 표정을 지어 보였다.

"부제학 대감 얘기로는 한자로 사서삼경을 다 배우고 있는데, 굳이 우리글이 필요하냐는 것이지요. 명나라 눈치도 보아야 하고."

하위지도 끼어들었다.

"전반적으로 집현전 분위기는 부제학 의견을 따르는 것 같습디까?"

안평대군은 은근슬쩍 주위 눈치를 보면서, 집현전이 우

---

3 금시초문(今時初聞): 이제야 막 처음으로 들음.

4 시치미: 매의 주인을 밝히기 위하여 주소를 적어 매의 꽁지 속에다 매어 둔 네모꼴의 뿔을 말하는데, 자기가 하고도 아니 한 것처럼 알고도 모르는 체하는 태도를 이르는 말로 쓰인다.

리글을 만드는 데 어떤 반응을 보이는지 알기 위해 자연스럽게 화제를 그쪽으로 접근시켰다.

"아무래도 전반적인 집현전 분위기는 우리글을 만들게 되면 한자에 많은 영향을 준다고 생각하는 것 같습니다. 경전을 읽는 데는 한자로도 충분한데, 우리글을 만들어 굳이 번역하는 이중의 수고를 할 필요가 있겠느냐는 것이지요."

그중 연장자인 정인지가 말했다.

"경전이 유생들만 읽는 서책입니까? 일반 백성들도 알아야 하는데, 한자를 모르니 전하께서 쉬운 우리글을 만들어야 한다는 것 아니겠습니까? 연전에 그림으로 쉽게 그린 《삼강행실도》를 널리 배포한 것도 일반 백성들이 예법을 알아야 한다는 취지에서 그렇게 한 일 아니겠습니까?"

안평대군이 좌중을 둘러보며 약간 언성을 높였다.

모두 한동안 입을 다물고 있었다. 그들은 먼저 말을 꺼냈다가 안평대군의 화살이 자신에게 꽂힐까 두려웠다.

"그래요. 물론 집현전 학사들이 왜 우리글 만드는 일에 반대하는지 모르는 바 아닙니다. 그러나 이것은 백성을 사랑하는 전하의 의지입니다. 그걸 어찌 집현전 학사들이 감히 꺾으려 한단 말입니까? 대체 집현전 학사들은 조선 임금의 신하입니까? 명나라 황제의 신하입니까?"

안평대군은 한술 더 떠서 집현전 학사들이 어찌 반응하는지 보고 싶었다.

"대군 저하! 말씀이 너무 지나치신 것 아니옵니까? 당연히 집현전 학사들은 조선 임금의 신하지요. 같은 말이라도 가려서 할 게 따로 있습니다."

집현전 학사는 아니지만, 정인지가 좌중의 서먹해진 분위기 바로잡기 위해 한마디 했다.

"핫핫하! 내가 술이 너무 과했나 봅니다. 본의 아니게 학역재 대감께 실수를 저지르게 되었습니다, 그려!"

안평대군은, 그러나 별반 술에 취한 기색은 아니었다. 그의 눈길은 여전히 젊은 집현전 학사들을 재빠르게 훑어보고 있었다. '학역재'는 정인지의 호였는데, 그렇게 대놓고 부르고 나서도 안평대군은 그의 얼굴을 전혀 거들떠보지 않았다.

집현전 학사들은 평소보다 안평대군의 말이 좀 지나치다는 인상을 받았으므로, 진짜 숨기고 있는 속마음을 헤아리기 위하여 열심히 머리를 굴리고 있을 뿐 누구도 먼저 이렇다 할 대답을 내놓지 않았다.

이렇게 분위기가 서먹해지자 그날 모임은 흐지부지되다가 일찍 끝나버렸다. 마지막까지 안평대군의 집에 남은 사람은 정인지와 성삼문이었다.

사실은 안평대군이 은근슬쩍 그 두 사람의 소매를 잡아 더 이야기하자고 붙들었다.

"학역재 대감! 오해는 하지 마세요. 본의 아니게 취한 척 큰소리를 내긴 했지만, 젊은 집현전 학사들을 떠보기 위한 것이었습니다."

안평대군이 정인지에게 정중하게 사과를 했다.

"대군 저하! 내 어찌 그 깊은 뜻을 모르겠습니까? 저하의 입장을 난처하게 해선 안 되겠다는 생각에 조금 목소리를 높였을 뿐이니, 사과는 이쪽이 먼저 해야 옳겠지요. 여기 매죽헌도 있어 뭣하지만, 사실 집현전에서 전하의 심기를 건드린 것을 백번 잘못한 일이라 생각됩니다."

정인지는 안평대군과 성삼문을 번갈아 바라보면서 말했다. 성삼문의 호는 매화나 대나무 같이 강직한 군자의 기질을 가지고 있다 하여 '매죽헌'이었다.

"학역재 대감! 저는 대군 저하와 뜻을 같이하니 염려 놓으시고 허심탄회[5]하게 말씀해 주십시오."

성삼문이 말했다.

"매죽헌! 부탁이니 특별히 집현전 학사들의 움직임을 면밀히 살펴 내게 수시로 전해주시오. 이건 아주 중요한 문제입니다. 왕권이 강해야 나라의 체통이 바로 서는 법인데, 요즘 집현전의 분위기로 봐서는 그렇지도 않은 것 같아 답답한 마음입니다. 대체 집현전에서는 전하께서 우리글을 만들겠다고 하는 데 왜 반대가 그리 심한지 모르겠습니다. 겉으로는 명나라에서 싫어할 것이란 이유를 대지만, 정작 그들의 속내는 딱히 그렇지만은 않은 것 같으니 말이지요."

안평대군은 그러면서 자기 가슴을 두드렸다.

"이런 말씀을 드려 뭣하지만, 우리글을 만들어 일반 백성들에게 보급하는 것이 두렵기 때문일 것이옵니다. 백성들이 글을 깨우쳐 모두 똑똑해지면 나라 정치를 하기 쉽지 않다고 생각하기 때문이지요. 그리되면 백성들의 요구사항이 점점 많아지고 불만 세력들도 늘어나게 될 것이라는 우려가 우리글 만드는데 반대하는 대신들의 속내라고 생각합니다. 유학을 정치의 기반으로 삼고 있는데, 백성들이 깨우치

---

5 허심탄회(虛心坦懷): 마음을 비운 채 너그러우면서 사심 또한 품지 않음.

면 유학자들의 입지6가 그만큼 좁아진다는 사실이 두려운 것이지요."

성삼문은 그동안 자신이 깊이 생각하고 있던 바를 솔직하게 털어놓았다.

"흐음, 유학을 숭상하는 대신들을 도대체 이해할 수가 없소이다. 어찌하여 정치가 백성들을 하늘처럼 떠받들어야 한다는 이치를 그들은 스스로 거스르려 하는 것이오? 지금 임금께서도 백성들을 하늘로 여기시는데, 감히 대신들이 백성들 위에 군림하겠다는 생각을 가지다니 말이 된다고 보십니까?"

안평대군은 성삼문의 얼굴에 머물렀던 눈길을 정인지에게로 뻗쳤다.

"대군! 이치는 그러하지만, 현실 정치는 그렇지 못한 것이 문제지요. 앞으로 차츰 개선해 나가야 할 사안이므로, 시간을 두고 고민할 필요가 있습니다."

정인지도 안평대군이 강하게 나가자 한발 물러서는 입장이 되었다.

---

6 입지(立地): 식물이 생육하는 일정한 장소의 환경을 뜻하는 말로, 주로 인간이 경제 활동을 하기 위하여 선택하는 장소를 말할 때 쓰인다.

"아무튼, 집현전 학사들 분위기가 그러하다 하더라도 대감들께서는 우리글 만드는 일에 도움을 주셔야 합니다. 두 분 다 우군이라 생각하고 말씀드리는 것입니다. 도와주시겠지요?"

안평대군이 두 사람을 번갈아 바라보며 동의를 구했다. 그러자 정인지와 성삼문은 말없이 고개를 끄덕이기만 했다.

8. 마음으로 통하다

한편 수양대군이 속리산에 가서 복천암 승려 신미를 직접 대동하고 정의공주의 사저에 왔다.

그날 밤 정의공주는 문간에서 효령대군이 오기를 기다렸다가, 신미가 있는 사랑채의 한 방으로 안내했다.

그때 신미가 일어나 효령대군을 향해 조용히 손을 모았다.

"신미 스님이십니다."

수양대군이 효령대군에게 신미를 소개했다. 전에 성균관에서 본 적이 있지만, 머리를 깎은 모습은 처음이라 낯설게 보였다.

"오오, 신미 스님이시군요? 우리 전에 만난 적이 있지요? 스님이 성균관 유생 시절 때. 하여튼 어려운 걸음을 하셨소이다. 자, 편히 앉으시지요."

효령대군이 보료에 앉자, 신미도 다탁을 가운데 두고 마주하고 앉았다.

곧 다담상이 들어왔다. 상에는 차와 다과가 놓여 있었다. 특히 다과는 다양한 종류로 갖가지 모양과 색채가 아름다운 조화를 이루고 있었다.

"우선 차부터 드시지요."

정의공주가 효령대군에게 먼저, 그리고 수양대군과 신미에게 차례로 차를 따랐다.

"대군 저하를 이렇게 다시 뵙다니 황공할 따름이옵니다."

신미는 효령대군을 향해 머리를 숙였다.

"편히 드십시오. 오늘 이렇게 일부러 온 것은 스님과 편하게 이야기를 나누기 위해서입니다. 애써 거추장스러운 격식을 갖추지 않아도 좋다는 뜻입니다."

효령대군은 빙그레 웃으며 신미를 건너다보았다.

"그렇게 말씀하시니, 소승은 더욱 몸 둘 바를 모르겠사옵니다."

"허허허, 그러실 필요 없다고 하지 않았습니까? 자, 우선 차부터 듭시다."

효령대군이 먼저 찻잔을 들어 올렸고, 신미도 천천히 찻잔을 두 손으로 감쌌다.

"백부께선 신미 스님을 성균관 유생 시절부터 알고 계셨다니, 오래된 인연이 아니겠습니까?"

수양대군의 물음에 효령대군이 호탕하게 웃으며 입을 열었다.

"사람이 살다 보면 오다가다 만날 수 있는 법, 그걸 인연이라고까지 할 수야 있나?"

"한데, 스님께선 성균관 유생을 그만두고 어찌하여 출가하셨습니까?"

수양대군이 이번에는 신미를 향해 물었다.

"출가 전의 일은 잊은 지 오래되어서……."

신미는 말끝을 흐렸다.

"허허허! 신미 스님의 출가 사연은 내가 얘기해도 되겠지요?"

효령대군은 신미에게 의향을 물었다.

"나무관세음보살!"

신미는 긍정도 부정도 하지 않은 채 그저 두 손을 모으며 고개를 숙일 뿐이었다.

"신미 스님은 수재였지요. 성균관에 입학한 것이 십삼 세 때였으니, 이미 그 나이에 진사나 생원들과 함께 공부한 셈이지요."

효령대군은 그러면서 신미의 출가 전 이름이 '김수성'이라는 것과 소과에 합격하지 않은 어린 유생도 공부가 깊으면 곡물을 납부하고 성균관에 입학할 수 있었다고 말했다.

그러나 김수성이 열네 살이 되었을 때 아버지 김훈이

상왕으로 물러난 정종을 따르다 태종에게 불충했다는 벌을 받아 유배되면서, 집안이 풍비박산[1]나고 말았다. 결국 성균관에도 나갈 수 없게 된 그는 양주 회암사에 주석[2]하고 있던 고승 함허당에게 가서 머리를 깎고 상좌가 되어 '신미'란 법명을 받았다.

"그런 불미한 일이 있었군요."

수양대군으로서는 태종 초기의 일이었으므로 처음 듣는 이야기였다.

"나는 회암사에 주석하고 있던 함허당과는 전부터 친분이 있던 사이라, 신미 스님이 계를 받은 사실도 그때 알았지요. 이거 괜한 얘기를 한 모양입니다. 허허헛!"

효령대군은, 신미가 자신의 과거 이야기에 대하여 무안해하는 빛을 보이자 말끝에 그저 공허한 웃음을 빼어 물었다.

"나무 관세음보살!"

신미는 다시 한번 합장을 한 후 조용히 찻잔을 입으로 가져갔다.

---

1 풍비박산(風飛雹散): 바람처럼 날리고 우박처럼 흩어짐.
2 주석(駐錫): 승려가 포교하기 위해 어떤 지역에 한때 머무르는 일.

그때 정의공주가 끼어들었다.

"신미 스님의 친동생도 지금 성균관 유생으로 있다고 하옵니다."

"오, 그래요?"

"비록 형제라 해도 출가한 사람이라 서로 만난 지는 오래 되옵니다."

"동생은 이름이 뭐요?"

"부끄럽습니다. 성은 김이고, 이름은 수 자 온 자를 쓰옵니다."

신미는 효령대군 앞에서 스스로 '김수온'이란 동생의 이름자를 대게 될 줄은 꿈에도 몰랐다. 수양대군과 함께 도성으로 오면서 담소를 하다 불쑥 나온 동생 이야기가 이렇게 확대될 것이라곤 생각지도 못한 일이었다.

"수재 집안이구먼! 김수온이라. 내 그 이름을 기억해 두겠소이다. 요즘도 가끔 동생과 만나시오?"

"아니옵니다. 빈도는 속세를 떠났으므로 출가 전의 인연을 끊은 지 오래이옵니다. 동생이야 저 스스로 알아서 앞가림을 하겠지요. 그러하오니, 대군 저하께선 너무 심려치 마시옵소서."

"스님께선 겸양3이 너무 심하십니다."

효령대군은 껄껄대고 너털웃음을 웃었다.

"앞으로 신미 스님과 긴밀한 연락을 할 일이 있을 때 그 김수온이란 성균관 유생에게 부탁하면 좋을 듯싶사옵니다. 혈육을 만나러 간다는데 누가 의심하려고 들지는 않을 것이라 사료되옵니다."

정의공주가 말했다.

"좋은 생각이로구나. 앞으로 스님께선 성 밖 흥천사에 거처하기로 정하셨다. 성균관과 그리 멀지 않은 거리이니 형제간에 서로 연락하기 수월하겠지."

효령대군은 그러더니 무슨 생각을 하는지 한동안 머리를 끄덕거리고 있었다.

흥천사는 돈암현(되넘이고개, 지금의 미아리고개) 밑에 있는 절이었다.

"흥천사는 태조 대왕께서 창건하신 절이니, 효령 백부께서 충분히 그곳을 추천할 만한 일이긴 하군요. 백부님, 고맙습니다. 그런데 도성 밖이라 궁궐에서는 좀 먼 거리가 아닌가요?"

---

3 겸양(謙讓): 겸손한 태도로 남에게 양보하거나 사양함.

수양대군이 효령대군을 향해 말했다.

"비밀을 기하며 일을 진행하려면 도성 밖이 더 나을 수도 있을 것이야. 서로 소통하는 것은 서찰로도 충분히 가능하지 않겠는가?"

효령대군이 말했다.

"일리가 있는 말씀입니다. 그 서찰 심부름을 김수온 유생에게 시키면 되겠구먼! 스님, 그래도 괜찮겠습니까?"

수양대군이 신미에게로 시선을 옮겼다.

"대군 저하께서 정하실 일이옵니다. 소승은 그저 저하의 명에 따를 뿐이옵니다."

신미의 얼굴에 모처럼 환한 미소가 떠올랐다.

"허면, 이제부터 우리도 스님께 범어에 관한 공부부터 해봐야겠습니다. 범어는 어떤 글자인가요?"

수양대군의 말에 모두 신미 쪽으로 눈길을 주었다.

"한자는 사물의 모양으로 만든 뜻글자입니다. 그러나 범어는 소리글자입니다. 즉 소리가 나는 대로 기록한 것이지요. 이 세상 만물은 너무 많으므로 그것을 일일이 형상을 취해 글자를 만들기는 쉽지 않습니다. 한자가 어려운 것이 바로 그 이유 때문입니다. 그러나 소리글자인 범어는 총 51자의 자모4인데, 이것을 조합하여 우리가 발음할 수 있는 모든 말을 글자로 만들어낼 수 있습니다."

신미는 문득 고개를 들어 주위를 둘러보았다.

"자모가 무엇이오?"

이번에는 효령대군이 물었다.

"말은 이 세상의 음양 원리처럼 두 가지 요소로 이루어져 있습니다. 자모란, 즉 자음과 모음이지요. 이 두 가지는 서로 떨어져서는 말로 표현이 될 수 없고, 반드시 그 두 가지 이상의 자모가 조화를 이룰 때 말을 글자로 쓸 수 있습니다."

"범어는 천축의 문자인데, 그 나라의 불경은 모두 범어로 쓰여 있겠군요."

"그렇사옵니다. 지금 우리가 읽고 있는 한자로 된 불경은 범어를 번역한 것이옵니다. 범어로 된 불경을 읽어보니, 한자보다는 우리말로 옮길 때 더 쉬울 것 같은 생각이 들었사옵니다. 직접 범어로 읽으면 한자로 된 불경보다 더 이해가 빠르니까요. 원래 범어는 불교보다 더 오래 전부터 천축의 종교로 정착된 '브라만교'에서 나왔습니다. 중국에서 '브라만어'의 발음에 따라 '범어'라고 읽은 것이지요. 브라만교나

---

4 자모(字母): 음소 문자 체계에 쓰이는 낱낱의 글자. 즉 자음과 모음.

불교 모두 브라만어로 쓰여 있습니다."

신미는 범어에 대해 설명을 할 때 조금도 막힘이 없었다. 효령대군은 그런 신미를 바라보며 매우 흡족한 미소를 지었다.

"신미 스님, 여기 모인 사람들 모두 우리글을 만드는 데 힘을 보탭시다. 스님이 익히 알고 있는 범어가 우리글을 만드는 데 큰 힘이 될 것 같습니다."

효령대군은 이렇게 신미는 물론, 그 자리에 있는 모두에게 당부하고 일어섰다.

9. 하늘과 땅과 사람

　임금은 수양대군과 안평대군 두 왕자를 궁궐로 불러 다음과 같이 당부했다.

　"얼마 전 효령 형님으로부터 신미 스님이 성 밖 흥천사에 있다고 들었다. 신미 스님이 자유롭게 성내 출입을 하기 어려울 것이니, 앞으로 너희들이 자주 스님을 찾아뵙고 가르침을 청하도록 하여라. 장차 우리글이 만들어지면 너희들이 불경 번역도 해야 하니, 신미 스님에게 불도를 가르침 받는 데도 게을리하지 말도록. 알겠느냐?"

　"곧 흥천사로 신미 스님을 찾아뵙도록 하겠나이다."

　수양대군이 임금을 향해 머리를 조아렸다. 평소 그는 불교를 숭상하는 효령대군을 잘 따르고 있었기 때문에 신미 스님에게 가르침을 받는 것에 대하여 반대를 할 이유가 없었다.

　"아바마마! 만약 저희가 신미 스님에게 가르침을 받는다면 집현전 학사들이나 성균관 유생들이 곱지 않은 시선을 보낼 것 같사옵니다. 그 점이 조금 염려스럽습니다."

수양대군보다 한 살 아래인 안평대군은 늘 조심스러운 태도를 보였다. 더구나 그는 집현전 학사들과 매우 친하게 지내고 있었기 때문에 그런 우려를 나타내는 것도 충분히 이해가 가는 일이었다.

　"안평의 말에도 일리는 있다. 그러니 집현전 학사들의 구설수1에 오르내리지 않도록 매사 드러나지 않게 행동하도록 해라."

　"네, 아바마마! 특별히 유념해서 신미 스님에게 가르침을 받도록 하겠나이다."

　안평대군도 임금의 명에 따르기로 했다.

　"성균관 유생들이 불교를 배척하고 유교를 숭상하려고 들지만, 우리나라는 예전부터 유불선 삼교를 섬겼느니라. 유교가 중국의 대표적인 학문이라면, 불교는 저 멀리 천축에서 발생하여 중국을 거쳐 우리나라에 들어온 종교다. 고구려·백제·신라 삼국이 불국토2의 세상을 꿈꾸며 오래도록 불교를 숭상해왔고, 고려 또한 불교를 국교로 삼아 나라의 정신적 지주가 되도록 했느니라. 그리고 선교는 단군왕검

---

1 구설수(口舌數): 남과 시비하거나 남에게서 헐뜯는 말을 듣게 될 운수.
2 불국토(佛國土): 부처님이 계시는 국토 또는 부처님이 교화하는 국토.

이래 우리 고유의 종교로 자리매김하여 민족정기의 표상으로 백성들의 숨결 속에 살아 숨 쉬고 있다. 이 유불선 삼교는 우리 민족의 정신을 대표하는 것으로, 어느 것 하나 소홀히 할 수 없다고 생각한다. 그것을 따로따로 떼어서 생각하면 우리의 민족혼을 바로 세우기 힘들 것이니라. 따라서 지금 만들려고 하는 우리글 역시 유불선 삼교의 정신을 고스란히 담아낼 수 있어야 한다. 신미 스님을 만나거든 음운을 초성·중성·종성 세 가지로 분류하여 글자를 만들도록 하는데 궁구하라 일러라. 유불선 삼교의 정신도 그렇지만, 이 세상은 크게 하늘과 땅과 사람으로 이루어져 있다. 우리글에 이러한 세 가지가 근본 토대가 되는 상징성이 반드시 담겨야 하느니라."

임금은 그동안 밤을 새워 우리글 만드는 일에 심혈을 기울였다. 그 결과 마침내 얻어낸 것이 초성·중성·종성 세 가지 음으로 이루어진 글자를 만들어야 한다는 결론이었다. 그것이 또한 하늘과 땅과 사람을 상징하는 것이 되므로, 우리 민족의 정신이 담겨 있다고 생각했다.

궁궐에서 나온 수양대군과 안평대군은 나란히 말을 타고 흥인지문을 벗어나, 거기서 북쪽인 되넘이 고개로 향했다. 얼마 지나지 않아 두 사람은 흥천사에 도착했다.

흥천사 요사채로 신미를 방문한 수양대군과 안평대군은 방안으로 들어서자마자 절하고 가르침을 받기를 청하였다. 갑자기 두 왕자의 절을 받은 신미는 무척 당황스럽지 않을 수 없었다.

  "빈도는 대군 저하들께 가르침을 드릴 자격이 없사옵니다. 열세 살 때 성균관 유생이 되어 겨우 일 년 남짓 있었을 뿐, 제대로 된 공부를 하지 못한 탓이옵니다."

  "스님, 무슨 그런 말씀을! 스님께 가르침을 받도록 명하신 분은 전하이십니다. 그러므로 저희가 아바마마의 명을 어길 수는 없는 일이옵니다."

  "스님, 그러하옵니다. 유학이 아니라 불교의 진리를 가르쳐 주시옵소서. 더불어 스님께서 전하를 도와 우리글을 만드는 일에 힘쓰실 때 저희가 적극 협력해드리도록 하겠습니다."

  수양대군과 안평대군은 신미를 향해 깍듯이 예의를 갖추어 말했다.

  수양대군은 임금이 말한 초성·중성·종성으로 된 우리글을 만들겠다는 계획을 신미에게 설명해주었다.

  "세 가지 자모를 결합해 한 글자를 만든다? 우리나라는 옛날부터 석 삼자를 좋아하니 그것이 썩 어울릴 것 같습니다."

신미는 무릎을 쳤다.

"아바마마께서는 우리나라의 정신을 새로 만드는 우리글에 반영토록 하실 생각이신 것 같습니다. 예를 들면 단군신화에 나오는 환인·환웅·단군의 삼신 사상이라든가, 천부인 삼재 같은 상징을 우리글에 넣어보자는 뜻이지요."

안평대군이 곁들여 설명했다.

"아주 훌륭하신 생각이라 사료됩니다. 글자란 원래 아주 오랜 옛날부터 천천히 개발되어 발전해가면서 변형되는 것인데, 사람이 애써 만든다는 것은 자고이래로 처음 있는 일이 아닌가 합니다. 전하께서 백성을 사랑하는 마음이 이리 깊으신 줄 처음 알았습니다. 과연 영명하신 임금이십니다."

신미는 감동한 표정을 감추지 않았다.

"아바마마께선 우리글을 만든 다음 삼강오륜과 농사짓는 법에 관한 책을 펴내 백성들이 쉽게 익힐 수 있도록 하실 생각이십니다. 더불어 우리글로 된 유교 경전과 불경 번역 사업에도 힘을 기울여 백성들 스스로 깨칠 수 있도록 한다는 소망을 갖고 계십니다. 아마 저희를 스님께 보낸 이유도 불경 공부를 열심히 해서 우리글로 번역도록 하시기 위함인 것 같습니다. 그러하오니, 우리글 만드는 일뿐만 아니라 부디 불교에 대한 큰 가르침도 주시기 바랍니다."

수양대군의 말에 신미는 빙긋이 웃더니 다음과 같이 말했다.

"빈도3가 그럴 자격이나 있는지 모르겠습니다. 아무튼 왕실에서 불교에 대해 그만큼 관심을 가지고 계신다는 것은 우리 불교계의 중흥에 큰 힘이 될 것 같습니다."

이것으로 신미는 수양대군과 안평대군에게 불교에 대한 가르침을 주기로 약속했다.

그 이후 수양대군과 안평대군은 자주 흥천사로 신미를 찾아갔다. 같이 갈 때도 있었지만, 각자 시간이 날 때마다 신미를 찾아가 자유롭게 불경 공부를 하고 우리글 만드는 일에 대해 서로의 의견을 나누었다.

신미는 흥천사에만 머물지 않았다. 마음이 답답하고 우리글 만드는 일이 제대로 진행되지 않을 때는 고양군에 있는 대자암이나 가평군에 있는 현등사를 자주 찾아가곤 했다.

대자암이나 현등사는 한때 신미의 스승인 함허당이 머물던 곳이었다. 특히 가평군 운악산에 있는 현등사에는 험허

---

3 빈도(貧道): 덕(德)이 적다는 뜻으로, 승려나 도사가 자기를 낮추어 이르는 일인칭 대명사.

당의 사리탑이 있었다.

함허당의 스승은 조선 건국 때 태조 이성계를 도와 한양 천도에 힘썼던 무학대사였다. 함허당은 성균관 유생 출신이었는데, 함께 공부하던 친구의 갑작스런 죽음을 보고 세상의 덧없음을 깨달은 후 출가했다고 한다.

그래서 함허당은 같은 성균관 유생 출신 제자인 신미를 매우 아꼈으며, 특히 범어에 관심이 많은 그에게 글자의 중요성을 다음과 같이 일깨워주곤 했다.

"글자는 도를 나타내는 그릇이며, 사람을 바른길로 인도하는 법이다. 마음을 맑게 하고 생각을 고요하게 가져 글로 뜻을 세운 후, 그 뜻으로 글을 익혀야 하느니라. 그리하면 글과 뜻의 그릇됨이 없어 밝은 세상이 오고, 사람이 바른 마음을 갖고 살아가게 된다."

신미는 평소 자신에게 이러한 가르침을 준 함허당이 그리울 때마다 스승의 자취가 묻어 있는 대자암이나 현등사를 찾아갔던 것이다.

함허당은 이미 타계4했으나, 신미는 스승에게서 옛날의

---

4 타계(他界): 인간계를 떠나서 다른 세계로 간다는 뜻으로, 사람의 죽음 특히 귀인(貴人)의 죽음을 이르는 말.

가르침을 되새기면서 마음속으로 우리글을 만드는 데 정신적 힘을 얻고자 했다. 특히 임금께서 초성·중성·종성을 우리글의 뼈대로 해서 하늘·땅·사람을 우리 민족의 정신적 지주로 삼아 표현토록 하는 것이 좋겠다는 뜻은, 스승 함허당의 '글자는 도를 나타내는 그릇'이라는 가르침과 그대로 맞아떨어진다고 생각하게 되었다. 함허당의 가르침에 나타난 '도'는 곧 임금이 강조한 '정신'을 이르는 말로, 다시 표현하자면 '글은 우리 민족의 정신을 담는 그릇'이라는 뜻도 되는 것이었다.

10. 집현전 원로 학사들

어느 날 집현전 학사 신숙주가 안평대군을 찾아왔다.

"아니 보한재가 내 집을 다 찾아주시고⋯⋯."

'보한재'는 신숙주의 호였다. 안평대군은 집현전 학사 중 성삼문과 친했으나 신숙주와는 조금 거리를 두고 있는 편이었다.

안평대군은 일찍이 그림의 재주가 있는 안견을 만나 임금에게 삼강행실도를 그리는 화원으로 추천할 정도로 사람 보는 눈이 정확했다. 성삼문은 대체로 온후한 편이나 불의를 보면 참지 못하는 성격인 데 반해, 신숙주는 매사 일을 신중하게 처리하나 우유부단1한 면이 있었다. 그러나 두 사람 모두 천재적인 머리를 가지고 있어 임금의 총애를 받는 집현전의 젊은 학사들이었다.

"긴히 대군께 말씀드릴 일이 있어서 왔습니다."

---

1 우유부단(優柔不斷): 어물어물하기만 하고 딱 잘라 결단(決斷)을 하지 못함.

"오, 그래요? 그럼 정자로 나가 바람이나 쐴까요?"

안평대군은 바로 집 앞의 수성동 계곡으로 신숙주를 안내했다. 신숙주의 표정에서 얼핏 비밀 이야기가 있는 것 같다고 짐작했기 때문에 한갓진 정자가 좋겠다는 생각을 한 것이었다.

"지난번 시회 때 주상 전하께서 우리글에 관심이 많다고 하셨지 않습니까? 대군께선 그때 집현전 학사들의 분위기가 어떠한지 매우 궁금해하셨습니다."

"그랬지요. 집현전 학사들 중 수상한 움직임이라도 보이는 자들이 있습니까?"

안평대군은 조심스럽게 신숙주의 안색을 살폈다.

"아무래도 최만리 등 사대에 물든 학사들이 약현 너머에서 자주 모이는 것 같습니다."

"약현 너머라면 최만리의 집을 말씀하십니까?"

"네, 그렇습니다. 최만리가 수장이니 그 집에서 자주 모이는 것 같은데, 그 무리 중 한 사람이 술김에 하는 얘길 우연히 들었습니다."

그러면서 신숙주는 은근히 안평대군의 표정을 살폈다.

"그자가 무슨 얘길 하던가요?"

"불씨들이 되살아나기 전에 그 싹부터 잘라야 한다고요."

"불씨라니요?"

"왜 유학을 숭상한 정도전이 〈불씨잡변〉이란 글을 써서 불교를 비판하지 않았습니까? 바로 불교가 되살아나는 것을 막아야 한다는 것이지요. 잿더미 속의 불씨가 되살아나 활활 타오르기 전에 소진2시켜버리자는, 이른바 이중적인 뜻으로 그렇게 표현한 것이지요."

"왜 갑자기 그들의 입에서 불교의 싹을 잘라야 한다는 얘기가 나왔을까요?"

"지금 주상 전하께서 우리글을 만들기 위해 범어를 잘 아는 스님과 은밀히 접촉하고 있다는 것을 최만리의 수구파3들이 눈치챈 모양입니다."

신숙주의 말에 안평대군은 곧 승려 신미를 떠올렸다. 사사롭게는 신미를 스승으로 받들게 되었으므로, 바짝 촉각을 곤두세우지 않을 수 없었다.

"주상 전하가 밤낮으로 심혈을 기울이고 계신 우리글에 대해 보한재께서 그토록 많은 관심을 두시니 고맙습니다.

---

2 소진(消盡): 점점 줄어들어 다 없어짐. 또는 다 써서 없앰.
3 수구파(守舊派): 정치·경제·문화 면에서 변화를 원하지 않고 기존의 것을 고수하려는 집단.

언젠가는 전하께서 보한재에게 도움을 요청하실 일이 있을 거외다. 그리고 방금 보한재께서 말씀하신 일에 대해선 그 누구에게도 발설하지 말아 주세요. 내가 수양 형님과 긴밀히 상의해보리다."

이렇게 안평대군은 신숙주에게 단단히 일러놓은 후 형 수양대군을 만나러 갔다.

수양대군은 저택 뒤뜰 소나무 숲에서 수하로 부리는 장정들과 검술 연습을 하고 있었다. 십여 명의 무리가 어우러져 기합을 넣어가며 칼을 휘두르는데, 공기를 가르는 소리가 제법 위협적이었다. 쉬지 않고 움직이는 그들의 발동작도 재빨랐다.

안평대군은 그 광경을 보며 자신도 모르는 사이에 눈살을 찌푸렸다. 형 수양대군이 평소 무사들을 좋아하는 것에 영 마음이 걸렸고, 무술에 뛰어난 장정들을 수하로 부리는 것도 못마땅하게 생각되었다.

수양대군은 집현전 학사 등 문사들을 좋아하는 동생 안평대군과 달리 무인들과 두루 친했다. 무술도 뛰어나서 임금이 주관하는 대사례에서도 그 실력을 인정받았다.

"아니, 아우가 여긴 웬일인가?"

좀처럼 자기 집까지 찾아오지 않는 안평대군을 보자 수

양대군은 의아한 표정을 지었다.

"형님, 잠시 의논드릴 일이 있습니다."

안평대군의 말에 수양대군은 그를 후원의 조용한 곳으로 안내했다.

두 사람만 있게 되었을 때 수양대군이 물었다.

"그래, 무슨 일인가?"

"제가 집현전 학사들을 통해 그곳 분위기를 알아본 결과, 최만리 등 수구파의 움직임이 심상치 않습니다. 아바마마가 남모르게 우리글을 만드는 일에 심혈을 기울이고 있다는 것을 그들은 이미 알고 있으며, 이를 어떤 방식으로든 제지하려고 나설 모양입니다. 감히 드러내놓고 우리 왕실에 도전할 수는 없으니까, 신미 스님 쪽을 노리고 있는 것이 분명합니다. 억불정책을 내세워 우리글 만드는 일을 방해하려는 움직임이 포착되었습니다. 집현전 수구파들이 약현 너머 최만리의 집에 모여 불씨가 되살아나기 전에 꺼버려야 한다며 의견이 분분했다고 합니다."

안평대군의 말에 수양대군도 심각한 얼굴이 되었다.

"누구에게서 들은 얘긴가?"

"보한재가 알려주었습니다."

"음, 신숙주라면 믿을 만하지. 내가 한 번 그를 비밀리에 만나보고 나서, 최만리 등 수구파의 움직임을 예의 주시해 보겠네. 감히 왕권에 도전하다니, 이런 무뢰한들이 또 있는가? 조선의 신하가 명나라의 주구4 노릇을 하고 있질 않은가?"

수양대군은 이를 부드득 갈아붙였다.

"집현전 학사들을 무뢰한5으로까지 몰아붙이는 건 좀 무리이고……."

안평대군은 성깔 사나운 수양대군이 대뜸 화를 못 참고 목소리를 높이는 것이 못마땅했다.

"정도전이 왜 태종대왕과 원수지간이 되었는가? 감히 신권이 왕권에 도전하는 공세를 폈기 때문 아닌가? 아우도 정도전의 '재상론'을 읽어봤으면 알겠지만, 정도전은 의정부 삼정승을 내세워 정치를 주도하고 왕은 허수아비로 만들어버리고자 했네. 우리 조선이 태조대왕께서 어떻게 세운 나라인가? 고려왕조를 무너뜨리고 조선왕조를 세우면서 얼마나 많은 피를 흘렸는가?"

---

4 주구(走狗): 달음질하는 개라는 뜻으로, 남의 사주를 받고 끄나풀 노릇을 하는 사람.
5 무뢰한(無賴漢): 성품이 막되어 예의와 염치를 모르며, 일정한 소속이나 직업이 없이 불량한 짓을 하며 돌아다니는 사람.

"형님, 왜 갑자기 집현전 학사들 얘기에 정도전을 거론하고 나오십니까?"

"여보게 아우! 감히 왕권에 도전하는 작금의 집현전 수구파들이야말로 정도전의 후예들이 아닌가? 궁궐 밖 인왕산 서쪽 산자락에 가면 국사당 바로 위에 선바위가 있지 않은가? 조선의 왕궁 자리를 알아볼 때 무학대사와 정도전의 의견이 엇갈렸지. 그때 국사당이 성안에 들어오도록 하려는 무학대사의 주장을 단번에 바꾼 것이 정도전일세. 바로 국사당 위의 선바위가 가사를 걸친 승려를 닮았다 해서, 성안에 그 바위가 있으면 고려왕조처럼 불교가 승하고 유교가 몰락할 것이라는 이유 때문이라 하지 않았는가? 결국 정도전의 의견을 받아들여 지금의 경복궁이 자리를 잡은 것일세. 집현전 수구파들이 '불씨'를 들먹인 것은 바로 정도전의 '불씨잡변'을 뜻하는 얘길세. 불교가 다시 일어나려는 그 불씨부터 제거하자는 것이 무슨 뜻이겠나? 나는 그 수구파 노인들을 좌시하지 않을 것이네. 감히 신권을 내세워 왕권에 도전해?"

수양대군은 주먹까지 불끈 쥐며 집현전 수구파들의 움직임에 분개하고 나섰다. 그런 형을 대하면서 안평대군은 조금 불안했지만, 다른 한편으로는 든든한 마음이 생기기도

했다. 수양대군은 간혹 안평대군 자신이 발 벗고 나서지 못하는 부분을 곧바로 행동으로 보여주곤 했는데, 그는 그런 형의 과단성6을 부러워할 때도 있었다.

　수양대군이 갑자기 무학대사를 거론하는 데는 남다른 이유가 있었다. 바로 무학대사의 제자가 함허당이고, 함허당의 제자가 승려 신미였다. 유학을 조선의 정신적 지주로 삼은 정도전의 후예들이 최만리를 위시한 집현전 수구파들이고 보면, 그들에게는 불교를 등에 업고 새롭게 등장한 신미야말로 대립각을 세울만한 인물이었다.

　안평대군도 수양대군이 애써 무학대사와 정도전의 대립을 들먹이는 데는 그러한 내력이 있음을 알기에 더 이상의 대화조차 필요치 않다고 생각했다. 그만하면 자신이 집현전 분위기를 알리는 임무에 충실했다고 판단했기 때문이다.

　"그럼, 형님! 저는 형님만 믿고 돌아가겠습니다."

　안평대군이 돌아가고 나서, 수양대군은 급히 수하에 부리는 장정 두 명을 불렀다.

　"박쥐! 너는 오늘부터 최만리와 그를 따르는 수구파들의

---

6 과단성(果斷性): 일을 딱 잘라서 결정하는 성질.

동태를 감시토록 하라. 그리고 진행 상황을 매일매일 내게 보고하도록!"

수양대군이 '박쥐'라고 부른 자는 키가 작고 몸이 날랜 장정으로, 나무 타는 재주에 능하고 담벼락에도 잘 달라붙어 그런 별명이 생겼다.

"네, 저하! 분부대로 거행하겠습니다."

"절대 들키지 않아야 한다, 알겠는가?"

"네!"

"가봐!"

박쥐가 가고 나자 수양대군은 남아 있는 장정에게 말했다.

"그리고 날치! 너에게는 앞으로 신미 스님의 신변을 보호할 임무를 맡기겠다. 이는 당사자조차 눈치채지 못하게 해야 하며, 혹시 신미 스님에게 위해를 가하려는 자가 있거든 쥐도 새도 모르게 처치해야 한다. 이 점을 특히 명심하도록!"

"네, 대군! 명령을 어김없이 수행하겠나이다."

날치가 씩씩하게 대답했다.

그 장정은 몸이 날렵하고 비수를 잘 다루었는데, 그 동작이 마치 바다 위를 나는 물고기인 '날치'를 닮았다 해서 그런 별명이 붙여져 있었다.

수양대군은 날치에게 승려 신미가 거처하는 곳과 자주 다니는 고양군 대자암이나 가평군 현등사 인근의 고개를 잘 살피라는 말도 잊지 않았다.

"잊지 말 것은, 집현전 수구파들에게도 네 정체를 들켜서는 안 된다는 것이야. 만약 들킬 염려가 있으면 어찌해야 하는지 알겠지?"

"네, 알겠습니다. 이 몸은 이미 대군 저하께 내놓은 목숨입니다."

날치가 돌아서려고 할 때, 수양대군이 그의 등 뒤에 대고 다시 말했다.

"그래, 그 정도로 중요한 일이야. 명심하도록 하게."

날치가 물러가고 나자, 수양대군은 혼자서 오래도록 머리를 끄덕이며 깊은 생각에 잠겨 있었다.

11. 우군을 만나다

집현전의 수장 최만리의 저택이 있는 성 밖 반석방에서 그 주변의 인물들이 자주 모이곤 한다고 했다. 박쥐의 보고에 의하면 그 모임에서 임금이 왕실 자제들과 함께 우리글 만드는 일을 비밀리에 진행한다는 이야기를 놓고 토론을 벌인다는 것이었다.

특히 멀리 속리산 복천암에서 승려 신미를 한양 도성으로 불러올려 우리글 만드는 일에 대해 조언을 구하고 있다는 대목에서는, 집현전 수구파들 사이에 큰소리가 오갈 정도로 격렬한 성토가 벌어지곤 한다는 보고였다. 조선왕조는 유교를 숭상하고 불교를 배척하는 정책을 나라 정치의 근본으로 삼고 있었으므로, 유학자들인 집현전 학사들로서는 신미의 이야기가 나오자 목소리가 자못 격앙되었다.

"그럴 것이다."

박쥐의 보고를 받은 수양대군도 갑론을박[1]하는 집현전 수구파들의 모습이 눈앞에 선하게 떠올랐다.

"보한재가 주로 어느 길을 통해 다니는지 알아보거라."

수양대군이 박쥐에게 일렀다.

"신숙주 대감 말씀입지요?"

"그래! 궁궐 퇴청 시각도 알아보고."

곧 박쥐는 신숙주가 자주 다니는 길목을 알아내 수양대군에게 보고했다.

어느 날, 수양대군은 길목을 지키고 있다가 우연히 만나는 것처럼 신숙주 앞에 나타났다.

"보한재 대감이 아니시오?"

"대군께서 어쩐 일이시옵니까?"

"이거 반갑습니다. 오랜만에 이렇게 만났는데, 그냥 헤어질 수는 없고. 때마침 귀가하는 길이니, 우리 집에 가서 차나 한잔 하십시다."

수양대군의 말에 신숙주는 잠깐 뜸을 들이다가 이내 그청을 수락했다. 어쩐지 우연은 아니고 긴히 할 이야기가 있어 일부러 길목에서 기다리고 있었던 것 같아, 감히 대군의청을 거절하기가 어려웠다.

곧 수양대군 저택의 사랑방에서 다탁을 앞에 놓고 두 사

---

1 갑론을박(甲論乙駁): 갑이 주장하고 을이 반박을 한다는 뜻으로 서로 논란하고 반박함을 이르는 말.

람이 마주 앉았다.

"안평 아우에게서 보한재의 얘기를 들었습니다. 며칠 후 전하를 만나러 입궐할 생각인데, 같이 알현하는 것이 어떻겠습니까?"

수양대군은 차를 한 모금 마신 뒤에 신숙주에게 물었다.

"네에? 전하께서 그리 말씀하셨습니까?"

신숙주는 뜻밖의 말에 바짝 긴장하는 눈빛으로 물었다.

"아닙니다. 내가 보한재를 전하께 추천할까 해서 말입니다."

"아니? 추천이라면?"

"안평에게 들었습니다. 이건 비밀이긴 합니다만, 안평을 통해 들었을 테니 허심탄회2하게 얘길 하지요. 요즘 전하와 우리 왕실 식구들이 우리글을 만들기 위해 노력하고 있다는 말씀은 들으셨겠지요? 집현전 원로들 사이에서 그걸 두고 말이 많다는 소문이 있습니다만……."

수양대군은 그러면서 슬쩍 신숙주의 눈치를 살폈다.

"네, 그런 얘기가 떠돈 것은 사실입니다. 그런데 소신을

---

2 허심탄회(虛心坦懷): 마음을 비운 채 사심을 품지 않음.

전하께 추천하시겠다는 말씀은……?"

"우리글 만드는 일에 적극 참여해달라는 뜻입니다. 물론 집현전 학사들이 반대하고 있다는 것을 잘 압니다. 그러나 보한재께서는 다른 의견을 갖고 있다고 들었습니다. 집현 전 학사들이 우리글 만드는 것을 반대하는 것은 유학의 중 요성만 알지 백성의 고충을 모르고 하는 소립니다. 전하께 서는 백성의 고충을 덜어주기 위해 우리글을 만들려고 하 시는 것입니다. 나라를 다스린다는 것은 백성을 위하는 것 이 먼저이고, 그 바탕에서 나라 기강을 바로 세워야 하는 일입니다. 명나라에게 책잡힐 것이 두려워 백성의 일을 등 한시한다면, 이는 나라 국록을 먹는 관리로서 무책임한 일 입니다. 보한재께서는 저들과 뜻을 달리한다는 말을 안평 아우에게 들었고, 그래서 우리 같이 입궐해 전하를 뵙고 우 리글 만드는 일에 적극 동참토록 하자는 것이올시다."

수양대군은 할 말이 있으면 곧이곧대로 털어놓은 성격이 었다. 상대를 봐가며 돌려서 얘기하는 것을 그는 싫어했다.

"대군 저하께옵서 소신을 그리 생각해 주신다니 고맙습 니다만……."

신숙주는 그러면서 잠시 말을 끊고 망설이는 눈치였다.

"왜요? 집현전 원로 학사들이 두려워서 그런가요?"

"아닙니다. 그들은 너무 수구적입니다. 명나라를 앞세우면서 실은 백성들보다 자신들의 입장만 생각하지요. 우리글을 만들면 백성들이 세상 이치를 잘 알게 되어 사직이 위태로워질 수 있다고 하며, 그들은 수구적인 생각만 하고 있습니다."

신숙주는 집현전에 근무하면서 자신이 느끼고 고민하던 생각을 솔직하게 털어놓았다.

"백성들이 세상 이치를 아는 것이 어찌 사직을 위태롭게 한다는 것입니까? 흥, 그보다는 양반의 설 자리가 좁아진다는 얘기겠지요. 우매한 백성들을 상대로 수탈을 일삼다가, 그것을 마음대로 못 할까봐 두려운 것이지. 어찌 백성들에게 우리글을 가르쳐 올바른 생각을 갖게 하는 것이, 사직을 위태롭게 한다는 것이란 말입니까?"

수양대군이 언성을 높였다.

"맞습니다. 집현전 수구 원로들은 자신들이 유교 덕목을 배워 백성들을 교화시키면 된다고 생각하고 있습니다. 그곳이 양반들의 설 자리라는 것이지요. 그러니 우리글을 만드는 데 반대를 하는 명목상의 이유는 명나라가 싫어할 것이라는 데 있지만, 그 내면에는 양반의 설 자리가 위태롭다는 두려움이 깔려 있다고 봐야 합니다."

신숙주는 그러면서 수양대군의 얼굴을 직시했다.

"허면 집현전 젊은 학사들은 수구파와 다른 생각을 하고 있단 말인가요?"

"매죽헌 같은 젊은 학사들은 다릅니다. 양반의 설 자리를 걱정하는 것은 정당하지 못한 일이지요. 백성의 행복보다는 개인의 영달에 생각이 치우쳐 있다면, 그것은 소인배와 다를 바 없으니까요."

"흐음, 허면 앞으로 보한재께서 매죽헌 같은 생각을 가진 젊은 학사들을 위주로 해서 우리글 만드는 일에 적극 나서도록 주선해주도록 하시오. 요즘 전하께옵선 우리글 만드는 일 때문에 침전에 드셔도 잠을 잘 주무시지 못할 정도입니다. 특히 전하께선 우리말이 중국말과 달라, 우리글을 만드는 데 많은 어려움이 있음을 알고 매우 고심의 고심을 거듭하고 계십니다. 명나라 한림학사인 황찬이 어학에 뛰어난데, 때마침 요동에 귀양 와 있습니다. 우리가 명나라 조정이 알지 못하게 몰래 가서 황찬을 만나기 아주 좋은 기회입니다. 왕실에서 마땅한 사람을 뽑아 가도 좋지만, 공식적인 일이 아닌 만큼 유학을 숭상하는 대신들에게 의심받기 쉽습니다. 그래서 내가 보한재를 전하께 추천코자 하는 것입니다. 이때 보한재가 적극 나서준다면 전하도 한시름 놓으실 수 있지 않겠습니까? 집현전 학사 중에서도 반대만 할 것이 아니라 도움을 줄 우군이 있어야 합니다."

수양대군은 그러면서 신숙주의 얼굴을 뚫어지게 바라보았다. 두 사람의 눈길이 중간에서 만나 한동안 팽팽하게 맞서고 있었다.

이때 수양대군의 눈빛은 차마 그 요청을 거부할 수 없을 정도로 집요하면서도 강렬했고, 그만큼 간절한 마음도 들어 있었다. 이미 세자에 책봉된 형이 있었으나, 수양대군의 야심은 많았다. 무엇보다 임금께서 우리글 만드는 일에 관심이 많다는 것을 알고, 그는 적극적으로 그 일을 도와 부왕의 신임을 얻고자 했다.

"대군께서 소신을 전하께 적극 추천해주시겠다니 몸 둘 바를 모르겠습니다. 사실 전하께서 우리글을 만드신다는 소문을 듣고 백성을 사랑하는 마음이 크신 데 많은 감동받았습니다. 더구나 아들이 아비를 죽인 진주 장계를 보시고 효행록을 그림으로 그려 일반 백성들에게 볼 수 있도록 《삼강행실도》를 편찬토록 했으나, 그 역시 그림을 설명할 때 한문이 아니 들어갈 수 없어 우리글을 만드시기로 했다는 이야기를 들었습니다. 바로 그때, 이 일은 아무리 집현전 학사들이 반대해도 반드시 전하께서 관철하실 것이란 생각을 했었습니다. 아직 집현전 일을 맡은 지 얼마 안 되어 소양이 부족하나, 대군께서 전하께 소신을 적극 추천해 주신다면 미력하나마 뼈를 깎는 각오로 우리글 만드는 일에 적극 협력하도록 하겠습니다."

신숙주는 집현전 젊은 학사로 수양대군 못지않게 큰 야심을 갖고 있었다. 처음에는 서로가 어떤 생각을 하고 있는지 몰라 경계하는 눈빛이었으나, 마음과 마음이 통하자 오랜 지기 못지않게 금세 일심동체3가 되었다.

수양대군은 신숙주의 손을 덥석 잡았다.

"보한재, 고맙소! 내가 오늘 천군만마4를 얻은 것보다 더 기쁘오."

사실상 수양대군 곁에는 무사들만 많았지, 문사들은 별로 없었다. 그는 젊고 유능한 유학자인 신숙주를 더욱 가까이하여 같이 학문을 논하고 지혜를 나누는 관계가 되기를 바라는 마음 간절했다. 그는 신숙주라는 우군을 만났다는 사실이 더없이 기뻤다.

---

3 일심동체(一心同體): 마음과 몸이 하나로 모아짐.
4 천군만마(千軍萬馬): 천 명의 군사와 만 마리의 말이란 뜻으로, 대단히 강력한 군사력을 가리킴.

"성삼문을 비롯하여 집현전 젊은 학사 중 우리글 만드는 일에 동참할 수 있는 사람들을 비밀리에 찾아보도록 하겠습니다. 대군 저하!"

신숙주는 크게 감동하여 수양대군을 향해 허리를 깊이 숙였다.

"고맙소!"

수양대군은 신숙주를 마주 바라보며 의미 있는 미소를 던졌다. 두 사람의 눈길이 허공에서 만나 한동안 떨어질 줄 몰랐다. 서로의 마음과 마음이 통하는 순간이었다.

12. 자연의 소리

　승려 신미의 신변을 보호하라고 보낸 날치가 수양대군에
게 와서 보고했다.

　"신미 스님이 운악산 현등사로 가는 길에 수상한 자가 따
라붙기에 아무도 몰래 숲속에서 제거해 버렸습니다. 신미 스
님 모르게 처치하려고 능선을 넘을 때 바로 고개 밑에 숨었
다가 비수를 날렸는데, 급히 달려가니 숨도 넘어가기 전에
놈이 먼저 극약을 마시고 자결하였습니다. 아무래도 신미 스
님이 위험하니 다른 조처를 취하심이 좋을 듯싶습니다."

　날치의 보고를 들으며 수양대군은 유학을 숭상하는 원로
대신 중 누군가가 그 수상한 자의 배후일 것으로 생각했다.
자신의 비밀을 지키기 위해 독약을 삼켰다면 그 배후 인물
이 보통 사람은 아닌 것이 분명하였다.

　정의공주 사가에서 효령대군이 신미와 만나는 날은 수양
대군과 안평대군도 필히 참석하였다. 그날 신미가 나타나
기 직전이었다. 수양대군은 효령대군에게만 살짝 신미의
신변이 위험하다고 보고하였다.

"일단 신미 스님을 속리산 복천암으로 보내시는 게 좋을 듯하옵니다. 그러고 나서 차후 만약 긴급하고 중요한 사안이 있으면, 신미 스님의 서찰을 소자와 안평이 그때그때 전해드리도록 하면 어떠하올는지요?"

효령대군도 성균관 유생들과 유학을 숭상하는 집현전 원로학사들이 승려 신미에 대해 껄끄러운 생각을 하고 있음을 이미 간파하고 있었다. 얼마 전 궁궐에 들른 안평대군도 그와 비슷한 얘기를 전한 바 있어, 내심 고민하던 중이었다.

"그래, 오늘 신미 스님을 만나면 그렇게 하도록 조처해야겠다."

효령대군은 유학과 불교의 부딪침을 원치 않았다. 그래서 신미가 나타났을 때 저간 사정을 에둘러서 이야기하자, 그 역시 반기는 표정으로 말했다.

"대군 저하, 빈도 역시 우리글에 대한 것은 더는 말씀드릴 것이 없어 허송세월하고 있다 느꼈사옵니다. 그래서 얼마 전부터 복천암을 생각하고 있었는데, 대군 저하께서 먼저 허락을 해주시니 빈도의 마음이 한결 편해졌사옵니다. 다만, 한 가지 우리글 만드는 일에 있어서 특별히 관심을 가지실 바가 있사옵니다. 바로 '자연의 소리'에 귀를 기울여주시기 바라옵니다. 새 소리나 바람 소리와 마찬가지로 사람의 입에서 나오는 것 역시 자연의 소리입니다. 그 이치를 깨닫게 되면 한결 수월하게 우리말을 소리글자로 만들 수 있을 것이옵니다."

효령대군은 신미와의 만남을 끝내고 궁궐로 가서 임금을 배알했다. 그날 이후부터 임금은 자연의 소리에 깊은 관심을 가졌다. 자주 궁궐 후원을 거닐며 새들의 지저귐에 귀를 세웠다. 신비스러웠다. 참새의 작은 주둥아리에서 어떻게 저런 **쨱쨱**거리는 소리가 나오는지 신기하기만 했다. 봄이면 노란 주둥으로 지지배배 노래하는 어린 제비들, 여름이면 나뭇가지에 앉아 날개를 떨며 시끄럽게 울어대는 매미들, 날씨가 선선해지면 아궁이와 굴뚝 주변을 기어 다니며 가을이 오는 것을 알리는 귀뚜라미들, 찬바람이 불면 문풍지를 떨게 하는 바람 소리들……, 그런 온갖 소리가 임금의 귀에 범상치 않게 들렸다.

"매양 같은 소리로 들리지만, 저들 또한 끼리끼리 의미 전달을 하고 있을 터……."

그러면서 임금은 새와 매미의 소리를 듣고 직접 흉내를 내보았다. 그러면서 바로 옆에 따라다니는 나이든 내관에게도 뻐꾸기 소리를 내보라고 했다.

"뻐꾹! 뻐뻐꾹, 뻐꾹!"

내관은 임금의 명이라 억지로 뻐꾸기 소리를 낸 후, 웃음을 참지 못하고 얼떨결에 입을 가리고 웃었다. 속으로는 임금이 혹시 미치지 않았나 생각될 정도로 새소리 흉내를 내는 것이 이상하게 생각되었다.

"어찌 웃는 것이냐?"

임금이 내관을 마땅찮은 얼굴로 바라보았다.

"새나 매미는 늘 같은 소리만 반복하지 않사옵니까? 그러나 사람의 입으로 새들의 흉내를 감쪽같이 내기는 어렵사옵니다."

내관은 감히 임금이 웃긴다는 소리를 하기 어려워 엉겁결에 에둘러대는데 진땀을 뺐다.

"네가 몰라서 하는 소리다. 저 미물들도 늘 똑같은 소리만 반복하는 것 같지만, 자세히 들어보면 상황에 따라 다 다르다. 사람의 발짝 소리를 들으면 참새들도 위급함을 동료들에게 알려주기 위해 빠른 입놀림으로 짹짹거리며 날아가지 않느냐? 그 입놀림의 차이를 알아야 하는데……."

편전으로 돌아온 임금은 내관에게 일러 내의원을 들게 하였다.

"찾아계시옵니까, 전하! 어디 불편하신 데라도……."

갑작스러운 부름에 내의원은 임금의 안색부터 살폈다.

"아니다. 그보다도 그대는 의원이니, 사람의 겉모습만이 아니라 속 모습도 알고 있어야 할 것이 아닌가? 인체의 속을 눈으로 들여다보듯 그릴 수 있겠느냐?"

임금의 물음에 내의원은 당혹스러운 얼굴을 하였다.

"인체의 오장육부를 말씀하시는 것이오니까?"

"그러하다. 특히 폐에서 시작해 목구멍을 타고 입으로 올라와 입술 밖으로 내뱉어지는 소리 통로를 그려 보일 수 있겠느냐?"

"네, 전하! 도화서 화원들과 논의해 사람의 발성 기관을 자세히 그려 올리도록 하겠나이다."

"말이 입 밖으로 나올 때 특히 혀의 놀림이 중요하다. 어떤 때는 혀가 입속의 중간에 떠 있고, 어떤 때는 입천장에 닿아 있을 때가 있다. 이처럼 소리에 따라 다르니, 구강 구조와 함께 소리에 따라 다른 혀 위치와 형상을 자세히 그려 가져오도록 하라."

며칠 후 내의원에선 도화서의 도움을 받아 소리에 따른 구강1의 구조를 그린 그림을 임금에게 바쳤다. 다양한 그림

---

1 구강(口腔): 입에서 목구멍에 이르는 빈 곳. 음식물을 섭취·소화하며, 발음 기관 일부분이 된다.

이 그려져 있었다. 의원과 화원이 같이 임금 앞에 앉아 그림 하나하나마다 나오는 소리를 직접 시연해 가며 설명했다.

"흐음, 혀가 중요해. 참새의 그 짧고 뾰족한 혓바닥에서 나오는 소리가 신기하지 않은가? 사람은 더욱 다양한 소리를 내는데, 그것이 혓바닥의 놀림에서 비롯되는 것 아니겠는가?"

임금은 화원과 의원이 물러가고 나서도, 그들이 두고 간 여러 가지 그림의 구강 모양을 보고 한참이나 소리를 내보았다. 분명 그림의 혓바닥 모양에 따라 소리가 달리 나왔다. 그 모습을 보고 나이 든 내관은 손으로 입을 가린 채 웃었다.

"어찌 웃느냐? 과인의 모습이 그렇게 웃기느냐? 그렇게 멀뚱하게 서 있지 말고 어디 가서 소리 나는 악기라도 구해 오거라."

"피리를 말씀하시는 것이옵니까?"

내관은 갑자기 악기를 찾는 임금을 이상하게 생각했다. 음악을 즐기려면 악공을 부를 일인데, 악기를 구해오라는 것은 임금이 직접 불어보겠다는 뜻으로 여겨졌기 때문이다.

"구멍이 여러 개 뚫려 있는 악기 말이다. 피리든, 퉁소든, 소금이든, 대금이든 입으로 불면 소리가 잘 나는 악기를 구해 오도록 하라."

"그러하오면 차라리 악공을 불러오는 게 어떠하올는지요?"

"그것도 괜찮겠구나. 오, 그래! 박연이 있질 않으냐? 장악서에 가서 박 제조를 들게 하라. 반드시 입으로 부는 구멍이 난 악기를 여러 가지 갖고 오도록 하라."

임금의 명을 받은 내관은 곧 음악에 관한 사무를 맡아보는 관청인 장악서로 달려가 제조로 있는 박연을 불러왔다.

"전하! 불러계시옵니까?"

박연이 부복2하고 임금을 바라보았다.

"오, 여러 가지 악기를 들고 왔구먼! 그 악기들을 하나씩 연주해 보시오."

임금의 명에 따라 박연은 자신이 가지고 온 악기들을 하나씩 들어 연주를 해 보였다. 그는 음악적 재능이 뛰어나 거문고나 가야금은 물론이고, 피리도 잘 부는 명인이었다. 그가 가야금을 연주하면 새와 짐승들이 와서 그 소리에 맞춰 춤을 추었다는 소문이 돌 정도였다.

---

2 부복(俯伏): 고개를 숙이고 엎드림.

"누구나 쉽게 할 수 있는 악기는 어떤 것이오?"

"아무래도 단소가 연주하기에는 쉽습니다. 소금이나 대금은 처음 소리를 내는 데도 많은 연습을 요하기 때문이옵니다."

"입술에 대고 불면 되지 어찌 소리를 내는 데 어려움이 있단 말이오? 곡조가 있는 곡을 연주하는 것도 아니고 소리만 나게 하는 것인데……?"

임금은 박연으로부터 악기가 어떻게 할 때 소리가 나는지 듣고 싶었다.

"네! 입으로 부는 악기는 입술 모양이 중요하옵니다. 허파로부터 나오는 바람을 잘 모아 입술을 통해 악기의 구멍으로 내보내야 하기 때문이옵니다. 오랜 연습을 거쳐 특정한 입술 모양을 갖출 때 소리가 나므로 감각적으로 빨리 익힐 수 있는 사람과 그렇지 않은 사람이 있사옵니다."

"박 제조는 소리의 원리를 아시오?"

"네! 고목은 몸통이 텅 비어 있고, 군데군데 나무옹이 자리에 구멍이 나서 바람이 불면 소리가 납니다. 입으로 부는 악기도 그 원리를 이용해 대나무에 여러 개의 구멍을 뚫어 만든 것이옵니다."

"허면 거문고나 가야금의 몸통이 비어 있는 것도 고목의 몸통이 비어 있는 것과 같은 이치렷다?"

"네, 전하! 바로 그러하옵니다. 몸통이 비면 그만큼 울림이 있어 소리가 잘 나오게 되어 있사옵니다. 소리를 잘하는 명창도 폐 기능이 좋아야 맑고 큰 울림의 노랫가락이 흘러나오는 것과 같은 이치이옵니다."

박연의 말을 듣고 임금은 가장 쉽게 소리를 낼 수 있는 악기 하나를 놓고 가라 일렀다.

그러자 박연은 단소 하나를 내관에게 전하고 물러갔다.

편전을 나서는 박연의 뒷모습을 보며 임금은 만족한 미소를 지었다. 신미의 말이나 박연의 말이 표현만 다를 뿐 구멍과 바람의 조화에 의해 소리가 나온다는 면에서는 모두 같았기 때문이다.

13. 집현전의 젊은 학자

　궁궐 편전에선 연일 단소 소리가 끊이지 않았다. 어느 날, 어명을 받고 입궐한 수양대군과 신숙주는 그 소리를 듣고 의아한 눈빛을 서로 주고받았다. 임금이 음악을 듣고 있다면 악공의 자연스러운 가락이 흘러나와야 하는데, 방금 편전에서 흘러나온 소리는 초보자가 연습하는 수준이었기 때문이다. 두 사람이 편전의 문 앞에 당도했을 때 내관이 안에 대고 고하려 하였습니다. 이때 수양대군은 오른쪽 검지를 입에 가져다 댄 채 작은 소리로 물었다.

　"쉬잇! 방금 피리 소리가 들려온 듯한데, 편전에 누가 와 있소?"

　"아닙니다. 전하께서 단소 연습을 하고 계시옵니다."

　내관의 대답에 신숙주도 전혀 의외란 표정을 지었다.

　잠시 호흡을 가다듬은 후 내관은, 수양대군과 신숙주가 알현을 청한다고 편전 안의 임금에게 전했다.

　그때서야 단소 소리가 잠시 멎었다.

　"들라 이르라!"

수양대군과 신숙주가 편전에 들어서서 임금에게 예를 올렸다.

좌정하고 나자 임금이 단소를 내려놓고 만면에 미소를 지었다.

"소자는 아바마마께옵서 가야금은 가끔 타시는 건 알고 있었사오나, 단소 연주를 하시는 모습은 오늘 처음 뵈옵니다. 피리는 난계의 솜씨가 출중한데 부르셔서 듣지 않으시고……."

수양대군이 먼저 인사차 단소 이야기로 말문을 열었다. '난계'는 박연의 호였다.

"그래, 피리는 난계가 최고지. 허나 음악을 듣고자 한 것이 아니라 소리가 대체 어떻게 나오는지 그걸 알기 위해 직접 불어본 것이다. 과연, 소리는 입술의 모양과 혓바닥의 놀림에 의해 나오는 것임을 알았다."

임금은 그러면서 신숙주를 쳐다보았다.

"폐하! 우리글을 만들기 위해 직접 단소까지 불어보시면서 연구를 하시다니 신하된 도리로 그저 황감할 따름이옵니다."

신숙주가 앉은 자세로 깊게 허리를 구부렸다.

"허허허, 일전에 수양한테 신 학사가 우리글 만드는데 지

대한 관심을 두고 있다는 이야길 들었소. 그래서 오늘 두 사람을 같이 보자고 한 것이오. 신 학사처럼 우리글 만드는 일에 집현전 학사들이 많은 관심을 두면 좋으련만……. 주로 원로들이 반대하고 있다 들었는데, 그 이유가 무엇이라 생각하시오?"

임금은 이미 집현전 학사들의 반대 이유를 알고 있었지만, 젊은 학사인 신숙주의 생각이 어떠한지 궁금했다.

"감히 말씀드리면, 전하께서 우리글을 만드시겠다는 의지는 바로 백성을 사랑하는 마음에서 비롯된 것 아니옵니까? 그러나 유학을 숭상하는 대신들이 생각하는 백성은 좀 다른 줄로 아옵니다."

이 같은 신숙주의 말에 임금은 조금 놀란 눈으로 앞에 앉은 두 사람을 번갈아 바라보았다.

"정치란 백성을 두루 이롭게 하려고 있는 것 아닌가? 저 단군왕검 시대부터 홍익인간1의 뜻이 그러할진대, 어찌 같이 정치를 논하는 임금과 대신들의 백성을 생각하는 마음

---

1 홍익인간(弘益人間): 널리 인간세계를 이롭게 한다는 뜻으로 《삼국유사》의 단군 신화에 나오는 말이다. 우리나라 정치·경제·사회·문화의 최고 이념으로, 윤리 의식과 사상적 전통의 바탕을 이루고 있다.

이 다르단 말이오?"

"집현전 원로 학사들께서는 원래 백성들이 우매하므로 가르쳐서 바른 길로 가도록 하면 된다는 생각을 하고 있사옵니다. 반상2이 따로 있는 것은, 양반이 배워서 가르치면 상민이 그것을 익혀 따르도록 하는 것이기에 그러하다는 것이옵니다. 백성들이 쉽게 글을 익히면 반상의 구분이 모호해져 혼돈3이 일어날 우려가 있다는 것이옵니다. 그러하면 더욱 사회가 혼란스러워지고, 날로 분란이 일어날 위험도 커져 급기야는 나라가 위태로워질 수 있다는 것이옵니다."

"허어? 어찌 한 가지 일을 가지고 그와 같이 정반대로 생각할 수 있단 말이오?"

임금의 용안에 수심이 가득 어렸다.

"집현전 원로 학사들도 전하께서 우리글을 만드는 일에 대해 우려를 하고 있지만, 아직 감히 상소를 올릴 생각은 못 하고 있사옵니다. 우리글을 만든다는 것이 결코 용이한 일이 아니옵고, 유교로 학문을 다진 집현전 학사들의 참여

----

2 반상(班常): 양반과 상민(일반백성).
3 혼돈(混沌): 마구 뒤섞여 있어 갈피를 잡을 수 없음. 또는 그런 상태.

가 없이 과연 우리글을 만드는 일이 가능한가에 대한 회의적인 반응도 있는 것 같사옵니다. 그래서 당분간 일이 어찌되어 가는지 지켜보고 있는 상태라 할 수 있사옵니다."

신숙주는 자신이 집현전에 있으면서 보고 들어서 느낀 점들을 말했다.

"허면 젊은 유교 학자인 그대는 우리글을 만드는 일에 대해 원로 학사들과 달리 생각하는 바가 있단 말이오?"

"네, 그러하옵니다. 일찍이 신라 시대 때 설총의 이두가 있었습니다. 중국의 글자가 발음상 우리와 달라 이두로 표기하여 백성들이 이해하기 쉽게 한 것이오나, 그것 역시 표기를 한자로 한 관계로 이해하기가 쉽지 않았사옵니다. 한자를 모르는 일반 백성들이 이두를 배우기에는 어려움이 많사옵니다. 이번에 전하께서 우리글을 새롭게 만드시는 일은 백성을 사랑하는 하해4와 같은 마음에서 비롯되었다고 생각하옵니다. 전하의 마음이 백성들에게 그대로 전달되어야만 나라가 발전할 수 있사옵니다. 백성 누구나 쉽게 깨우쳐 읽을 수 있는 우리글이 만들어진다면, 나라의

---

4 하해(河海): 큰 강과 바다를 아울러 이르는 말.

마음이 하나로 결합되어 큰 힘을 발휘하리라 생각하옵니다."

신숙주의 말을 듣고 나서 임금은 가만히 고개를 끄덕거렸다.

"과인의 생각이 바로 그러하오. 군주와 백성의 마음이 같아야 세상을 유리처럼 투명하게 바라볼 수 있을 것이 아니겠소? 그래야 백성들이 무엇을 원하는지 알고 과인이 나라를 경영할 수 있으리라 생각하오. 또한 과인이 나라 경영을 어떻게 하는지 백성들이 잘 알 수 있을 것이 아니오?"

"지당하신 말씀이옵니다."

"해서, 일전에 수양을 통해 신 학사의 이야기를 듣고 같이 입궐토록 한 것이었소. 최근 요동에 유배를 와 있는 황찬이란 명나라 학자가 있다고 들었소. 한자를 발음하는 데 있어 중국말과 우리말의 방식이 다르니, 어찌하면 그것을 글자로 바르게 표현할 수 있는지 알고 싶소. 황찬이 음운 학자는 아니지만, 한림학사로 언어감각이 뛰어난 인물이라 들었소. 방금 신 학사가 말한 대로 우리도 신라 때 설총이 이두를 만들어 우리말의 발음대로 한자 읽는 법을 시도한 바 있소. 허나 그 역시 한자로 써놓아 이중으로 불편함을 더하게 되니, 이 또한 한자를 모르는 백성들에게는 도움이 되지 않소. 신 학사가 황찬에게 가서 도움을 요청해 보도록 하시오."

임금은 신숙주를 대하자 마음이 든든해졌다.

"황공하옵니다. 소신 혼자서는 어렵고, 옆에 계신 수양대군께서 함께 갈 수 있도록 윤허하여 주시옵소서."

신숙주는 그러면서 순간적으로 수양대군과 눈을 마주쳤다.

"흐음, 수양은 여기서 할 일이 있고……. 대신들의 눈과 귀가 있어 나라의 대사가 아니면 타국까지 먼 길을 가는 데는 어려움이 많소. 혹시 집현전의 젊은 학사 중 뜻이 맞는 사람이 있다면 추천해 보시오."

"하오면, 학사 성삼문이 어떠하올지요?"

"오! 강직한 군자 기질을 갖고 있어 '매죽헌'이라 부르는 바로 그 학사가 아니오? 집현전 원로 학사들이 우리글 만드는 데 반대가 심하다 들었는데, 젊은 학사들이 매우 긍정적이라 한결 마음이 놓이오."

임금은 안평대군의 천거로 집현전 학사에 제수했던 성삼문을 기억하고 있었다.

"성질이 강직한 만큼, 일을 맡기면 성심을 다하는 인물이옵니다. 또한 마음에 담아두고 있는 말을 함부로 다른 이에게 옮기지 않는, 심지가 아주 굳은 학사이옵니다."

"흐음, 이 일을 맡는데 적임자란 생각이 드는군. 수양은 신 학사와 성 학사 두 사람이 편안하게 요동을 다녀올 수 있도록 만반의 준비를 하여 주도록 하라."

이 같은 임금은 명을 받고 두 사람은 편전에서 물러갔다.

14. 피리의 속성

　집현전의 젊은 학사 신숙주와 성삼문은 임금의 명을 받아 요동에서 귀양살이를 하는 명나라 한림학사 황찬을 만나기 위해 여러 번 먼 길을 왕래했다. 두 사람이 무려 여덟 번이나 요동으로 찾아갔지만, 그는 음운학자가 아니기 때문에 큰 소득을 얻지는 못했다. 중국말은 음운학적으로 볼 때 높고 낮은 음과 짧게 끊거나 길게 끄는 음의 네 가지 소리를 섞어 발음하는 '사성제'였던 것이다.

　"한문은 뜻글자이므로 발음할 때 정확하게 그 소리를 내기가 어렵습니다. 전하께선 우리말을 소리 그대로 전달할 수 있는 글을 만들려고 하지 않사옵니까? 신들이 몇 달에 걸쳐 오갈 수 있는 요동을 여러 차례 다닌 결과, 황찬으로부터는 더 얻을 것이 없다고 생각했사옵니다."

　요동에 다녀온 성삼문이 임금께 아뢰었다.

　"흐음, 중국말이 우리말과 다르다? 그래서 과인은 우리 백성들에게 우리글을 만들어 편리하게 사용할 수 있도록 하려는 것인데……."

갑자기 임금의 용안이 흐려졌다. 우리글을 만들기 위해 밤잠까지 설치며 노력하는 동안 이마의 주름도 많이 늘어난 듯했다. 적어도 신하들이 보기에 그랬다.

"전하께서는 새 소리, 바람 소리, 자연의 온갖 소리까지 다 담을 수 있는 글자를 만들겠다고 하셨사옵니다. 그러나 중국어의 음운체계로는 그것이 가능치 않음을 깨달았사옵니다."

"그러게 말이오. 한자는 사물의 형용을 모사하여 만든 글자라 눈으로 보고 이해하기는 쉬우나, 그 글자가 너무 많아 일반 백성이 깨우치기에는 어려움이 있소. 하여 과인이 중국의 뜻글자와는 다른, 익히는 데 어려움이 없는 소리글로 우리 문자를 만들려고 한 것인데⋯⋯."

임금은 그러면서 고개를 들어 천정을 바라보았다.

"전하께서는 아직도 단소를 불고 계시는군요?"

신숙주가 임금의 손에 들려 있는 단소를 보고 문득 놀란 표정을 지었다.

"보한재도 알겠지만, 과인이 단소를 부는 이유는 우리글을 만들 때 단소 소리까지 그대로 담아낼 수 있도록 하기 위해서요. 피리처럼 자연의 소리를 닮은 악기도 드물지 않소? 그래서 피리 소리를 그대로 글자로 옮길 수 있다면, 자연의 소리도 다 글자로 표현하는 것이 가능하다 생각하고 연구하는 중인데……."

임금은 자꾸 말끝을 맺지 못하고 여운을 두었다. 그것은 누구나 마찬가지지만 답답할 때면 나오는 일종의 버릇 같은 것이었다.

"전하! 단소를 부시는 데 그렇게 깊은 뜻이 있는 줄은 미처 몰랐사옵니다. 백성을 사랑하는 마음이 그와 같으시니, 소신들의 어리석음이 심히 부끄러워 몸 둘 바를 모르겠나이다."

성삼문은 감동 어린 눈빛으로 임금을 바라보았다.

"매죽헌도 과인이 심심파적¹삼아 단소를 부는 줄로 알고 있었던 모양이구려. 궁궐 나인들뿐 아니라 대신들 사이에서도 그런 소문이 퍼져나가고 있다 들었소이다."

임금은 이제 성삼문이나 신숙주를 부를 때 '매죽헌', '보한재'라는 호를 사용할 정도로 가까워졌다. 호는 대개 친한 사람들끼리 이름 대신 사용하기 때문이었다.

"전하! 피리에는 구멍이 뚫려 있지 않사옵니까? 그 구멍

---

1 심심파적(-破寂) : 심심풀이의 한자어.

을 손가락으로 막았다 열었다 하면 소리가 달리 나오는데, 그것은 마치 우리가 말을 할 때 혓바닥을 입천장에 댔다가 떼었다가 하는 이치와 비슷하다고 생각해보았습니다.”

신숙주는 그러면서 직접 소리를 내어 혓바닥의 놀림을 시험해 보았다.

“오오! 보한재가 많은 연구를 했구려! 과인은 오래전부터 이 피리가 사람으로 치면 인체 목구멍 구조를 그대로 옮겨다 놓은 것으로 생각했소. 대나무의 뚫린 통 구조가 목구멍 아니겠소? 그리고 피리를 불 때 입술 사이로 나오는 바람은 바로 사람이 말을 할 때 허파에서 내뱉은 공기와 같은 것이오. 또한 피리의 구멍을 막았다 열었다 하는 손가락은 방금 보한재가 말한 대로 사람의 혓바닥이 입천장에 닿았다 떨어지는 것과 같은 역할이라 생각하오. 매죽헌은 어찌 생각하시오? 오, 그리고 보니 ‘매죽헌’이란 호에도 대나무가 들어 있구려? 그런 의미에서 매죽헌도 한 번 의견을 말해보시오.”

어느 사이 임금의 용안은 매우 밝아져 있었다. 신숙주가 피리 이야기를 꺼내자 신바람이 났던 것이다.

“일찍이 장영실로 하여금 자격루를 만들게 하시는 등 전하께서 천문과학에 관심이 많으신 것으로 알고 있사옵니다. 오늘 전하께서 피리가 바로 사람의 목구멍 구조를 닮았다고 말씀하시는 걸 듣고 소신은 앞으로 완성될 우리글은 아주 과학적인 완벽한 글자가 될 것이란 생각이 드옵니다. 말로 새소리, 바람 소리를 표현하기는 쉬우나 글자로 나타내기는 정말 어려운 줄로 아옵니다. 하온데, 전하께서는 과학적인 체계를 갖추어 우리글을 만들려고 하고 계시옵니다. 신들은 그저 전하의 열정에 감복할 따름이옵니다."

성삼문은 임금을 향해 허리를 깊이 숙였다.

"하느님께서는 일정한 규칙과 구조를 가지고 이 세상을 만드셨을 것이오. 장영실도 그런 말을 했지만, 과학이란 자연이 가지고 있는 속성을 잘 파악하여 응용하는 것에 지나지 않는다고 알고 있소. 우리글도 마찬가지란 생각인데, 말소리가 인체 목구멍을 통해 나오므로 그 구조를 살펴보면 답이 있다는 생각을 오래전부터 해왔던 것이오. 바로 이 피리의 구조가 사람의 목구멍 속성을 이용해 만든 것이니, 우리글을 만드는 비결 또한 이 속에 있다는 생각에 변함이 없소."

"사람의 목소리는 다양하나 피리는 단순한 소리밖에 내질 못하옵니다. 소신의 생각으론 사람의 소리가 천차만별2

로 나오는 것은 혓바닥의 자유로운 놀림에 있다고 판단되옵니다. 피리는 기껏 사람이 입술을 오므려 공기를 불어 넣고, 더불어 손가락으로 구멍을 닫았다 열었다 하는 것으로 소리를 내기 때문에 단순한 소리만 낼 수밖에 없는 구조가 아니겠사옵니까? 그러므로 사람의 목소리를 글자로 만들기 위해서는, 말을 할 때의 혓바닥 놀림을 잘 살펴보는 것이 도움이 될 듯싶사옵니다."

이런 말을 하는 성삼문의 눈은 유난히 반짝거렸다.

"매죽헌의 말에 일리가 있는 듯하옵니다. 한문은 사물의 모양을 따서 만든 뜻글자이온데, 전하께서 생각하시는 우리글은 소리글을 표방하고 있으므로 소리를 내는 가장 중요한 기관인 혓바닥의 놀림을 잘 살펴 글자의 모형을 만드는 것이 어떠하올는지요?"

신숙주가 옆에서 거들었다.

"바로 과인이 지금까지 궁구하던 것을 매죽헌과 보한재가 말해주었소. 오늘 두 사람이 과인에게 큰 용기를 주었소. 앞으로 두 사람은 과인과 함께 사람이 말을 할 때 혓바

---

2 천차만별(千差萬別): 모든 사물 사이에는 차이가 있고 구별이 있음.

닥의 놀림을 어떻게 그림으로 표현할 수 있는지 함께 연구해 보도록 합시다."

사실 임금은 전부터 혓바닥의 놀림에 대해 혼자서 연구를 거듭해왔었다. 그런데 신숙주와 성삼문 같은 집현전의 젊은 학사들이 자신과 같은 생각을 하고 있다는 것을 알고 매우 기분이 좋았다. 생각이 같다는 것만으로도 응원군이 생긴 것처럼 큰 힘이 되었기 때문이다.

15. 훈민정음 창제

젊은 학사들이 우리글 만드는 일에 적극 찬동하면서, 임금은 본격적으로 글자 형태를 그리는 일에 착수할 수 있었다. 신숙주와 성삼문은 집현전 학사 중에서 정인지·최항·박팽년·강희안·이개·이선로 등 마음에 맞는 학사들에게도 임금을 도와 우리글 만드는 일에 같이 참여하도록 권유했다. 물론 처음부터 임금과 함께 우리글 만드는 일을 주도적으로 해온 정의공주와 수양·안평 두 대군 등은 더욱 힘을 기울여 글자의 획과 발음을 연구하는 데 노력을 기울였다.

이처럼 여러 사람이 공들인 노력의 결과를 갖고 임금은 최종적으로 글자를 만들어냈다. 제일 처음 만든 것은 닿소리 기본 글자 다섯 개였다.

사람은 들숨과 날숨으로 숨을 쉬며 생명을 유지해 나가는데, 소리는 날숨을 통해 허파에서 목구멍 밖으로 공기를 배출할 때 나왔다. 바로 날숨으로 소리를 낼 때 목이나 입안에서 혀가 입천장에 닿아 장애가 발생하면서 나는 발음이 바로 닿소리(자음)였다. 즉 기역(ㄱ), 니은(ㄴ), 미음(ㅁ),

시옷(ㅅ), 이응(ㅇ)의 기본 다섯 가지 자음을 만든 것이었다.

이 기본이 되는 다섯 가지 자음은 안견을 비롯한 도화서 화원들의 손재주를 빌려 입안의 발음 모양을 가지고 형태를 만들어나갔다. 여기에 처음부터 임금을 도와 우리글 만드는 일에 참여한 공주와 왕자들, 복천암에서 서신으로 주고받으며 돕는 승려 신미는 물론, 집현전 학사들까지도 적극 참여하여 화원들과 의견을 교환해가며 글자의 형태를 여러 차례 수정해 최종적으로 자음의 획을 결정한 것이다.

임금은 이 다섯 가지 기본 글자를 입으로 계속 발음해 보면서 각기 비슷한 소리가 나는 새로운 글자들을 만들어나갔다. 즉 'ㄱ'에 점을 하나 더 보태 'ㅋ'을 만들었다. 'ㄴ'에서 점 하나를 더 보태 'ㄷ'을, 이 'ㄷ'에서 다시 점 하나를 더 보태 'ㅌ'을 만들었다. 또한 'ㅌ'에서 글자 모양이 비슷한 다른 글자인 'ㄹ'이 파생되기도 했다. 이런 식으로 'ㅁ'에서는 'ㅂ'과 'ㅍ'이, 'ㅅ'에서는 'ㅈ'과 'ㅊ'이, 'ㅇ'에서는 'ㅎ'이 새로운 획으로 탄생하였다.

이렇게 닿소리를 완성하고 나서 임금은 홀소리(모음)를 만들었다. 홀소리는 혀가 입안의 특정 발음기관에 닿지 않고 홀로 내는 소리여서, 처음부터 혓바닥의 놀림을 가지고 글자 모양을 만들기가 쉽지 않았다. 즉 닿소리는 입안의 혀가 닿은 모양에서 소리 내는 구조의 형태를 본떠 만들었다. 그러나 단순히 입안의 공간에서 혓바닥을 놀리는 움직임을 살려 정형화된 글자의 획으로 만들기는 쉽지 않았다.

임금은 우리글을 만들기 시작할 때부터 우주의 모든 소리를 담아낼 수 있는 글자를 만들겠다는 욕심을 갖고 있었다. 그래야만 새소리, 바람 소리 등 자연의 소리를 글자로 표현해낼 수 있기 때문이었다.

'우주라? 우주는 크게 무엇으로 이루어져 있는가?'

임금은 고심하고 또 고심을 거듭했다.

"그래, 우주에서 가장 큰 것은 하늘과 땅이지. 그리고 그 사이에 사람이 있어."

이때 임금의 머릿속에 퍼뜩 그려지는 형상이 있었다. 즉 하늘은 무한하니 점(·)으로, 땅은 평평하니 수평(ㅡ)으로, 사람은 하늘과 땅 사이에 서 있으니 수직(ㅣ)으로 표시하면 좋겠다는 생각이 들었다. 글자의 획에 우주의 정신과 천지인[1] 사상을 넣어 표현하고자 한 것이었다. 이것이 바로 홀소리의 기본 글자였다.

---

1 천지인(天地人): 동양 철학에서 만물을 구성하는 요소로 하늘·땅·사람을 뜻한다.

임금은 이 홀소리 글자 중 'ㅣ'와 'ㅡ'에 'ㆍ'을 하나 또는
두 개 보태어 'ㅏ', 'ㅑ', 'ㅓ', 'ㅕ', 'ㅗ', 'ㅛ', 'ㅜ', 'ㅠ' 등의 글
자를 만들었다.

닿소리와 홀소리는 각기 발음할 때 한 가지 소리밖에 표
현할 수 없었다. 그러나 이 두 가지 기본 글자를 결합하면
어떠한 우리말도 다 표현이 가능하게 되었다. 모양을 나타
내는 '의태어'와 소리를 나타내는 '의성어'까지 자유자재로
글자를 만들 수 있게 된 것이다. 예를 들면 새가 나뭇가지
에 앉아 꼬리를 짓까불며 지저귀는 소리를 그 모양과 소리
까지도 그대로 우리글로 표현할 수 있게 되었다.

이렇게 우리글을 다 만들었는데, 마지막으로 해결이 안
되는 부분이 있었다. 말을 문자로 적을 때 변하는 것과 목
구멍을 통해 나온 소리와 소리가 붙을 때 달리 나오는 발음
을 표기하는 것이 글자의 조합 원칙에 어긋나는 점이었다.

임금은 어려서부터 지혜로움을 갖고 있던 정의공주를 불
러 물었다.

"공주, 너는 어찌 생각하느냐? 글자의 조합 원칙은 소리
나는 대로 적어야 하는데, 그렇게 하면 말의 의미가 달라질
질 수 있다. 이를테면 닿소리 기역(ㄱ)과 닿소리 니은(ㄴ)이
만날 때 발음이 변한다. 일례로 '먹는다'를 소리 나는 대로

적으면 '멍는다'가 된다. '먹'의 기역과 '는'의 니은이 부딪쳐 '멍'이 되므로, 자칫 '멍든다'처럼 들려 의미가 애매모호해지는데 이를 어찌하면 좋겠느냐?"

정의공주는 가만히 머리를 기울이다가 대답했다.

"아바마마! 이 세상 모든 일에는 예외가 있습니다. 원칙이나 법칙이 중요하지만, 그것에서 벗어난 일이 종종 발생합니다. 역법도 달의 기울기를 가지고 한 달을 만들었는데, 하루가 적은 달과 꽉 차는 달이 반복되지 않습니까? 그렇게 엇갈리다 보니 4년에 한 번씩 윤달이 생겨 1년이 열두 달이 아니라 모자라는 한 달이 더 생겨납니다. 우주의 법칙도 이러한데, 아무리 과학적으로 만든 한글이라 하나 법칙에 어긋나는 것이 없지 않겠지요. 이때는 아무리 소리글자라 해도 소리 나는 대로 적으면 의미가 달라질 수 있으므로, 닿소리의 글자를 구분해서 적는 것이 뜻을 이해하기 좋을 것 같습니다. 즉, '먹는다'는 '멍는다'가 아니라 글자 그대로 '먹는다'로 적기로 하는 예외 규정을 두는 것이지요."

가만히 정의공주의 말을 듣던 임금은, 자신도 모르는 사이에 무릎을 탁 쳤다.

"옳다구나! 닿소리끼리의 접변 현상, 즉 자음접변이 여러 소리에서 나올 수 있는데, 이것을 예외 규정으로 두자는 애기로구나."

임금은 오래도록 고민하던 것을 정의공주로 인해 단번에 해결할 수 있었다. 이때 임금은 정의공주에게 노비를 상으로 내렸다.

이러한 어려운 과정을 거쳐 마침내 임금은 즉위한 지 25년, 백성들이 쉽게 읽을 수 있는 글자를 만들겠다고 결심한 지 15년 만인 1443년 12월에 홀소리 11자와 닿소리 17자 총 28자로 이루어진 우리글을 완성했다.

1443년 12월, 임금은 마침내 '훈민정음2'이란 우리글을 창제하였다. '김화'라는 자가 아버지를 죽인 사건이 일어난 것을 계기로 우리글을 만들겠다는 결심을 한 이후 15년 만에 비로소 그 결실을 본 것이었다.

---

2 훈민정음(訓民正音): 백성을 가르치는 바른 소리라는 뜻으로, 조선 시대에 한글이 창제·반포되었을 당시의 공식 명칭.

16. 집현전 원로들의 상소

집현전 원로학사들 사이에선 임금이 15년에 걸쳐 어렵게 만든 훈민정음을 가지고 말들이 많았다. 특히 집현전 부제학인 최만리를 비롯하여 신석조·김문·정창손 등은 1444년 2월 임금에게 우리글에 대한 반대 상소문을 올렸다.

최만리의 상소문 내용을 살펴보면, 한자가 아닌 새로운 문자를 만든다는 것은 대국을 섬기는 제도에 위배되는 것이라고 했다. 대국이란 당시 명나라를 말하는데, 조선에서 훈민정음을 만들었다는 소문이 전해지면 외교적으로 어떤 압박을 가해올지 모른다는 내용이었다.

임금은 상소문을 읽고 몹시 화가 났다.

"상소문을 올린 집현전 부제학 최만리와 더불어 연명1한 학사들을 모두 들게 하라."

임금이 내관에게 엄명을 내렸다.

---

1 연명(連名): 두 사람 이상의 이름을 한 곳에 죽 잇따라 씀. 같은 뜻을 가진 사람들끼리 문서를 만들어 동조한다는 뜻으로 자기 이름을 써서 밝힘.

곧 상소를 올린 최만리와 학사들이 편전으로 달려왔다. 그들은 상소문을 올리면서 이미 각오하고 있었던 일므로 집현전에 모여 임금이 부르기를 기다리고 있던 참이었다.

"전하, 찾아계시옵니까?"

최만리를 포함해 상소를 올린 집현전 학사들이 임금에게 예의를 갖춘 후 머리를 조아렸다.

"중국말과 우리말은 엄연히 다르오. 따라서 혼란스러운 한자 발음을 바로잡기 위해서는 우리말을 제대로 표기할 수 있는 우리 글자가 필요하오. 백성들의 편리를 위해 우리글을 만든 것이 어찌 대국을 섬기는데 위배된다는 말이오?"

"명나라는 큰 나라고, 우리 조선은 작은 나라입니다. 조선의 정치철학은 '성리학'을 기반으로 하고 있으므로, 한문을 익히지 않으면 나라 다스림의 근간이 흔들릴 우려가 있사옵니다. 언문2은 학문을 익히는 데 방해가 될 뿐이지, 결코 도움이 될 수 없사옵니다. 대국인 명나라가 그것을 알면 우리 조선까지 '오랑캐'라 여길까 실로 두려운 일이옵니다."

최만리는 어렵게 만든 훈민정음을 감히 오랑캐들이나 읽

---

2 언문(諺文): 예전에 한글을 낮추어 이르던 말.

는 글자라고 했다. 그런데다 훈민정음을 애써 '언문'이라 칭하며, 격을 한껏 낮추려고 했다.

임금은 사대주의를 싫어했지만, 대신들의 사상이 그러하므로 함부로 반대할 수 없는 입장이긴 했다.

"허면 그대들이 한문을 익히면서도 다른 한편으로 설총의 이두를 인정하고 때로 즐겨 쓰는 이유는 무엇이오? 이두는 인정하고 과인이 만든 우리글은 인정할 수 없다는 것이야말로 사리에 어긋나는 일이 아니겠소?"

"이두는 우리말대로 적지만 그 자체가 한자이옵니다. 그러나 언문은 한자가 아니므로 오히려 학문을 익히는 데 방해가 될 뿐이옵니다. 한문을 익히는 것도 어려운데, 다시 언문을 익혀야 하니 너무 번거로운 일이옵니다."

"방해된다? 과인은 그 반대로 백성에게 크게 도움이 된다고 생각하오. 원통한 죄를 지어 옥에 갇히는 백성이 있다면 한자와 이두를 몰라 자기 죄상이 적힌 조서를 보지 못하니 억울해도 어디 호소할 길이 없소. 그러나 익히기 쉬운 우리글을 알게 된다면, 앞으로 억울하게 죄를 뒤집어쓰고 옥에 갇히는 백성들이 없을 것이오."

임금은 인내심을 갖고 화를 참아가며 상소문을 연명으로 올린 집현전 원로 학사들을 설득해 보려고 노력했다. 그러나 그 대표자인 최만리는 자기 뜻을 굽히지 않았다.

"설사 죄수 중 이두를 아는 자가 있어 친히 조서를 읽는다고 해도, 매를 견디지 못하여 그릇 자백하는 경우가 많사옵니다. 이는 조서의 글을 읽지 못해서 원통함을 당하는 것이 아님이 명백하옵니다. 그러하오니, 언문을 익힌다고 하더라도 억울한 죄인은 누명을 쓸 수밖에 없는 일이옵니다. 형옥3의 공평하고 그렇지 못함은 옥리의 마음에 달린 일이지, 말과 문자가 같은가 다른가에 있지 않다는 것이옵니다."

이와 같은 최만리의 주장은 임금이 처음에 우리글을 만들기로 결심했던 15년 전 전주에 사는 김화라는 자기 자신의 아버지를 살해한 사건을 다시 떠올리게 했다.

"무슨 소릴 그렇게 하는 것이오? 허면 지금까지 형옥의 공평함을 위해 힘써야 할 옥리가 제대로 형을 진단하지 못해, 억울한 자가 감옥에 갇히는 일이 허다하게 일어났단 말이오? 높은 자리에 있는 권력자에게 옥리를 압박하거나 금품이라도 바치면 풀어주고, 뒷배도 없고 돈도 없는 가난한 백성들은 억울하게 옥살이해야 한다 그 말이 아니오?"

---

3 형옥(刑獄): 예전에 형벌과 감옥을 아울러 이르던 말.

임금은 화가 머리끝까지 치솟았다.

"전하! 그런 뜻이 아니오라……."

최만리는 일순 당황한 얼굴로 임금을 바라보았다.

"부제학의 형옥 논리는 옳지 않소. 죄의 진위를 가리는 데 있어 문자야말로 나중에 증거가 발견되어 바로잡을 때 중요한 단서가 될 것이오. 어찌 옥리의 마음 여하에 따라 죄를 판단케 할 수 있겠소? 그러므로 일반 백성도 자신의 죄과가 무엇인지 쉽게 읽을 수 있는 문자가 필요하다는 것이 과인의 생각이오."

이렇게 임금은 단안을 내려, 다시 변명하려는 최만리의 입을 막았다.

임금은 15년 동안 우리글을 만들기 위해 불철주야 노력을 기울였고, 밤을 새워 서책을 읽다가 눈이 짓무르는 일까지 있었다. 최만리의 주장을 인정한다면 그동안 우리글을 만들기 위해 옆에서 도와준 왕실 사람들이나 승려 신미, 그리고 집현전 젊은 학사들의 노력도 한순간에 허사4가 되어 버리고 마는 것이었다.

---

4 허사(虛事): 보람을 얻지 못하고 쓸데없이 한 노력.

그때 집현전 응교 정창손이 불쑥 나섰다.

"한문에 비하면 언문은 야비하고 상스러운 무익한 글자에 불과하옵니다. 언문이 새롭기는 하나 한갓 기예에 지나지 않으므로 학문을 훼손할 뿐만 아니라 정치에 이로움이 되질 못 하옵니다. 하여 신들이 생각하기에 언문을 백성에게 널리 보급한다는 것은 옳지 않은 줄로 아뢰옵니다. 혹여 왕세자가 강학에서 한문을 익혀 경서를 배우지 않고 언문이나 읊조리고 있다면, 유학을 근본으로 삼는 이 나라의 정치는 어찌 되겠사옵니까?"

정창손은 스스로 바른 소리라고 생각하면 곧이곧대로 고하는 강직한 성격이었다.

"뭐라? 야비하고 상스러운 무익한 글자라고? 그대들은 중국말의 음운체계를 아시오? 사성 칠음의 어려움은 우리 백성들이 중국말을 익히는 데 큰 걸림돌이오. 그러므로 한자도 우리말로 표현하기 쉽지 않아 우리글을 만든 것임을 그대들은 어찌 모르시오?"

임금은 불뚝 울화가 치밀어 올라 다음 말을 잇지 못했다.

"전하! 중국말에 사성이 있기에 오랑캐 말과 달라 상스럽지 않은 것이옵니다."

이렇게 나온 것은 집현전 직전 김문이었다.

"오랑캐의 말이라 상스럽다. 그러면 그대는 우리 조선을 오랑캐로 생각한단 말이오?"

임금의 목소리가 커졌다. 가슴 아래 꾹꾹 눌러놓고 있던 화가 자신도 모르는 사이에 목울대를 타고 넘어왔다.

"그런 것이 아니오라, 언문을 익히면 명나라에서 우리 조선을 오랑캐로 볼 우려가 있다는 말씀이옵니다."

"중국에선 예로부터 동이·서융·북적·남만을 '사이'라 칭해 오랑캐라고 무시하는 버릇이 있었소. 그들 중 과연 자기들의 글이 있는지 보시오. 중국에 한자가 있는 것처럼 우리 조선도 저들이 무시할 수 없는 우리글을 만들어 국가로서의 체면이 서게 된 것임을 그대들은 모르시오? 어찌 우리글이라 하여 야비하다느니, 상스럽다느니 하는 소리가 나오는 것이오?"

"일찍이 글자는 중국에만 있는 것인데, 우리 조선이 글자를 가진다는 것은?"

"그것이 어찌 됐다는 것이오?"

"전하! 신들은 다만 명나라가 그것을 어찌 생각할지 근심이 되어……."

김문은 임금이 진노하여 언성을 높이자 당황해서 어찌할 줄 몰랐다.

"그대는 어찌하여 한 입으로 두말을 하는가? 용서할 수 없는 일이로다. 이번에 과인이 그대들을 부른 것은 벌을 주려고 한 것이 아니라, 다만 상소문 내용 중 의문이 생기는 것 한두 가지만 물으려고 했다. 그러나 그대들은 사리분별[5]이 없이 고집만 내세우니 참으로 답답하도다. 이번에 상소문을 올린 자들은 죄를 벗기 어렵다."

임금은 마침내 어명을 내려 최만리를 비롯하여 신석조·김문·정창손·하위지·송처검·조근 등을 의금부에 가두게 했다.

그날 밤, 임금은 문득 전에 수양대군이 했던 말을 떠올렸다.

'이 나라는 재상들의 권력이 너무 센 게 탈입니다. 대체 누구의 나라인지 모르겠사옵니다.'

임금이 생각하기에 적어도 수양대군의 말은 맞았다. 15년에 걸쳐 만든 우리글에 반대하여 상소문을 올린 집현전 원로 학사들은 대체 명나라의 신하인가, 조선의 신하인가 반문하지 않을 수 없었다.

'확실한 것은 저들도 조선의 신하가 아닌가? 임금의 잘못을 주청[6]하는 것은 신하된 도리, 그러나 신하의 잘못을 꾸

---

5 사리분별(事理分別): 일의 이치를 구별하여 가르는 일.
6 주청(奏請): 임금에게 아뢰어 청하던 일.

짖는 것 또한 군주가 마땅히 해야 할 일이다. 그러나 과연 상소문을 올린 원로 학사들을 꾸짖어 옥에 가두는 것이 최상일까?'

임금은 거듭하여 심사숙고7했다. 그러느라 잠을 설쳤다.

다음날 임금은 다음과 같이 명을 내렸다.

"정창손은 파직시키고, 나머지 대신들은 석방토록 하라. 다만 김문의 경우 앞뒤로 말을 바꾼 죄가 크므로, 곤장 1백 대에 3년 징역형에 처하도록 하라!"

이와 같은 임금의 명은 곧바로 시행되었다. 이때 김문은 속전을 내고 곤장 1백 대를 면한 다음 풀려났으며, 3년 징역형도 면제되었다.

---

7 심사숙고(深思熟考): 깊이 생각하고 깊이 고찰(考察)함.

17. 훈민정음 해례본 제작

우리글 반대 상소문 사건으로 의금부에 갇혔다가 하루 만에 풀려난 집현전 원로 학사들은 그 이후 더는 찬반 논쟁을 벌이지 않았다. 다만 집현전의 수장인 부제학 최만리는 곧바로 사직서를 내고 집안에 들어앉았다.

"우리 훈민정음을 일반 백성들이 쉽게 익힐 수 있도록 해례본1을 만들어야 하겠소. 밤을 지새워서라도 해례본 만드는 일에 최선을 다하도록 하시오."

임금은 집현전 학사들인 정인지·최항·박팽년·신숙주·성삼문·강희안·이개·이선로 등에게 명했다. 집현전 원로 학사들은 훈민정음해례본 제작에 참여하지 않았다. 특히 사직서를 제출한 후 최만리는 집안에 틀어박혀 두문불출2하였다. 집현전 젊은 학사 중에서 임금의 명을 받고 명나라 한

---

1 해례본(解例本): 조선 세종 28년(1446)에 훈민정음 28자를 세상에 반포할 때 찍어 낸 판각 원본.
2 두문불출(杜門不出): 문을 닫고 나가지 않는다는 뜻으로, 외부와 왕래나 접촉을 끊고 은둔하는 것을 이르는 말.

림학사 황찬을 만나기 위해 요동에 여러 차례 다녀온 바 있는 성삼문과 신숙주는 집현전에서 밤을 새워 일하는 적이 많았다.

어느 날, 임금은 밤잠이 오지 않아 뒤척이다가 나이 든 내관을 대동하고 집현전으로 발걸음을 했다. 자정이 넘은 시각인데, 집현전 집무실에는 환하게 불이 켜져 있었다.

임금이 집무실로 들어서자 그때까지 훈민정음해례본 만드는 일에 몰두하고 있는 젊은 학사 두 사람이 있었다. 한 사람은 붓을 들어 무언가를 열심히 쓰고 있는 성삼문이었고, 다른 한 사람은 잠시 탁자에 엎드려 곤히 잠이 든 신숙주였다.

"아니, 전하께옵서……."

막 집무실로 들어서는 임금을 발견한 성삼문이 벼루에 붓을 놓고 벌떡 일어섰다.

"쉿!"

임금은 입으로 오른손 중지를 가져갔다.

신숙주의 잠이 든 모습을 바라보다가, 임금이 조용히 내관에게 일러 집무실 한쪽에 쌓여 있는 모포를 가져오라 일렀다.

내관이 모포를 가져오자, 임금은 잠이 든 신숙주의 등에 그것을 손수 덮어주었다.

"수고가 많소. 과인이 다녀간 일은 비밀로 해주시오. 그리고 매죽헌도 눈 좀 붙여가며 일을 하시오. 몸이 축나면 안 되니까."

임금은 성삼문에게 조용히 이르고 집현전 집무실을 빠져나왔다. 이처럼, 임금은 훈민정음해례본 만드는 일에 지대한 관심을 두고 있었다,

그리고 훈민정음 창제를 알린 지 2년 9개월이 지난 1446년 9월 초순에 드디어 백성들이 우리글을 쉽게 익힐 수 있도록 한 《훈민정음해례본》을 완성, 반포하였다. 임금은 '정음' 부분을, 집현전 젊은 학사들은 '정음해례' 부분을 썼다.

임금이 쓴 '정음'은 다음과 같은 내용이었다.

'우리나라 말이 중국과 달라 한자와는 서로 통하지 않으므로 어리석은 백성이 말하고자 하는 바가 있어도 끝내 제 뜻을 펴지 못하는 사람이 많으니라. 내가 이것을 가엾게 여겨 새로 스물여덟 글자를 만드니, 모든 사람으로 하여금 쉽게 익혀서 날마다 쓰는 데 편하게 하고자 할 따름이니라.'

여기에서 그치지 않고, 임금은 '훈민정음' 보급을 위해 직접 나서기로 했다. 우리글 만드는 일에 처음부터 참여했던 왕실 가족들부터, 나중에 해례본 만드는 일에 직접 관여했던 집현전 젊은 학사들까지 훈민정음 보급에 나서기 위해서는 직접 실천에 옮기는 일이 중요하다고 생각했다.

임금은 훈민정음 반포 두 달 후인 1446년 11월 8일 '언문청'을 설치하여 훈민정음에 관한 모든 일을 관리하게 했다. 그리고 나서 하급 관리들을 뽑을 때 훈민정음을 시험과목으로 넣었다.

한편 같은 해인 1446년 소헌왕후가 세상을 하직했다. 임금은 소헌왕후에 대하여 평생토록 씻지 못할 미안한 마음을 갖고 있었다. 태종의 3남이었던 충녕대군 시절인 1408년에 임금은 두 살 연상의 소헌왕후와 결혼했다. 그런데 충녕대군이 임금이 된 직후 선왕 태종은 소헌왕후의 친부인 영의정 심온을 왕명 없이 함부로 군사를 움직였다는 명목으로 모반죄를 씌워 결국 사약을 받게 했다. 이에 따라 심온을 반역죄로 다스려 집안이 풍비박산 나고 말았는데, 당시는 임금으로서는 처가를 구원하지 못한 것이 평생 한으로 남았다. 소헌왕후는 친부의 극락왕생을 빌기 위해 불교에 심취했고, 궐 밖으로 절을 찾아가는 일을 특히 차남 수양대군이 도왔다. 흥천사에 있던 승려 신미가 한때 대자암에 가서 머물 때 수양대군의 안내로 소헌왕후는 자주 불공을 드리러 갔었다. 소헌왕후는 만년에 이질로 고생을 많이 했는데, 요양 목적으로 머무르던 차남 수양대군의 사저에서 눈을 감았다.

소헌왕후는 8남 2녀의 자녀를 두었다. 평소 임금과의 금침도 좋았으며, 특히 내명부를 잘 다스려 왕후로서의 덕목도 크게 인정을 받았다. 왕이 되고서도 장인 심온을 살려내지 못한 부담 때문에 평생토록 소헌왕후에게 미안한 마음을 갖고 있던 임금은, 1446년 10월에 대자암에서 중전의 넋을 기리는 불교 행사를 크게 열었다. 이 행사를 위하여 복천암에서 올라온 승려 신미를 비롯하여 전국 1천여 명의 승려들이 참가해 소헌왕후의 명복을 빌었다.

이때 유교를 숭상하는 원로대신들은 불교 행사의 부당함을 상소로 올렸다. 임금은 이를 괘씸하게 생각하고, 승정원으로 하여금 훈민정음으로 작성한 공문서를 내려 불교 행사 개최를 반대한 관리들을 주벌토록 하였다. 이것이 훈민정음 반포 이후 우리글로 작성한 첫 공문서였다.

임금은 여기에 그치지 않고 8남 2녀의 자식 중 특히 모친을 사랑한 차남 수양대군에게 훈민정음으로 석가모니 일대

기인 《석보상절》을 짓게 했다. 수양대군은 1447년에 《석보상절》을 지어 바쳤고, 이 책을 보고 임금은 매우 기뻐했다.

이번에는 직접 임금이 훈민정음으로 글을 지었다. 수양대군이 《석보상절》을 지은 해인 1447년에 석가모니의 가르침을 달에 비유해서 쓴 《월인천강지곡》이라는 책을 직접 썼다. 《석보상절》은 한자를 앞에 두고 뒤에 훈민정음을 표기했지만, 《월인천강지곡》은 훈민정음을 앞에 내세우고 한자를 뒤에 기록한 책이었다.

임금이 이처럼 직접 운문으로 《월인천강지곡》을 짓고, 아들 수양대군에게 산문으로 《석보상절》을 짓게 한 것은 일반 백성들이 그것을 읽고 하루빨리 훈민정음을 깨닫게 하기 위해서였다. 또한 양반들에게도 훈민정음을 알리기 위해 집현전 학사들에게 《용비어천가》와 《동국정운》을 펴내게 했다.

《훈민정음해례본》을 지어 일반 백성들에게 배포한 지 3년이 지난 1449년 10월 5일 한양 거리에 훈민정음으로 된 벽서가 한 장 붙었다. 백성들 사이에선 '언문'으로 통했는데, 그 내용은 다음과 같았다.

'하 정승아, 또 나랏일을 그르치지 말라.'

내용으로 봐서 일반 양민들이 '하 정승'으로 대표되는 양반들의 잘못된 일을 비판하는 글이었다. 유교를 숭상하는 원로대신들은 이 벽서 내용을 한자로 써서 상소문을 올렸다. 양반들이 염려하던 것이 현실로 드러난, 당시로서는 파격적인 사건이었다.

이 상소문을 읽으면서 임금은 원로대신들에게 가타부타 말이 없었지만, 마음속으로는 은근히 흐뭇한 기쁨을 만끽하고 있었다. 마침내 백성들 사이에서 훈민정음의 효과가 나타나기 시작했기 때문이다. 백성들이 억울함을 우리글로 표현할 수 있는 세상이 됐다. 그것은 바로 '백성을 가르치는 바른 소리', 즉 '훈민정음'의 힘이었다.

소설 세종대왕 해설

세종대왕은 조선 시대 최고의 성군으로 평가받고 있을 만큼 다방면에 걸쳐 빛나는 업적을 많이 남겼다. 그중에서도 '한글 창제'는 오늘날 더욱 높은 평가를 받을 정도로 위대한 성과를 거두고 있다. 이 소설은 《세종대왕》이란 제목을 달고 나가지만, 특히 한글을 만드는 과정만을 중심 주제로 삼아 엮은 것이다.

이 세상 어떤 일이든, 그것이 큰 일든 작은 일이든 완성되기까지의 과정에서 갖가지 우여곡절을 겪게 되어 있다. 세종대왕은 우리글을 만드는 과정에서 뜻하지 않은 복병을 만났다.

진주 감영에서 올라온 장계에서 '김화'라는 자가 자기 아버지를 죽이는 사건을 접하고 나서, 세종대왕은 백성들이 우매하여 천륜을 어기는 범죄를 저질렀다고 한탄하며 읽고 쓰기 쉬운 우리글을 만들어 널리 배포하겠다고 마음먹고 시작한 것이 바로 한글 창제다.

그런데 우리글을 만들겠다는 착안을 했을 때 세종대왕은

집현전 학사들로부터 큰 도움을 받을 수 있으리라 생각했다. 집현전은 고려 시대 말기부터 있던 기관이지만, 당시는 이름만 있었을 뿐 실제적으로는 세종대왕 시대에 와서 학문을 연구하는 기관으로 자리를 잡았다. 따라서 우리글을 만드는 일은 학문을 연구하는 기관인 집현전에서 당연히 맡아야 했다. 그러나 의외로 집현전 원로 학사들의 심한 반대에 부딪쳤다.

세종대왕은 믿었던 도끼에 발등을 찍힌 기분이었다. 실망이 이만저만 큰 것이 아니었다. 집현전 원로 학사들의 반대 이유는, 우리글을 만들 경우 명나라에 미움을 사서 심각한 외교 문제에 봉착하게 될 것이라는 우려에 있었다. 조선왕조를 설립하면서 유학을 국교로 삼았으므로, 한문이면 족하지 따로 우리글을 만드는 것은 불필요한 일이라고 역설하였다. 괜히 긁어 부스럼을 만들어 명나라 황제의 심기를 불편하게 하면 곤란하다는 사대주의에 물든 집현전 원로 학사들의 주장을, 세종대왕은 결코 받아들일 수가 없었다.

조선왕조 건국 초기부터 왕권과 신권의 대립은 심각했다. 이성계는 건국 시조이지만, 조선왕조의 설계자는 정도전이었다. 건국 초기부터 불교를 국교로 정한 고려는 말기에 이르러 신돈을 대표로 하는 승려들의 정국 주도로 나라 안팎이 혼란을 겪게 되었다. 이때 이성계는 당시 신진 사대부인 정도전과 함께 남몰래 새로운 나라 건설에 착수하였다. 정도전은 불교를 배척하고 유학을 국교로 삼는 조선왕조를 건설하는 설계자로서 직접 조선의 나라를 다스리는 기준이 되는 최고 법전인 《경국대전》을 편찬했다. 이때 그는 '재상론'을 경국대전의 중심적인 정치논리로 내세워, 삼정승 제도를 만들었다. 나라의 실무 행정을 머리가 똑똑한 재상들이 논의하여 올리면 왕은 그것을 수락하기만 하면 되는 제도였다.

이러한 정도전의 '재상론'에 반기를 들고 나온 것은 이성계의 다섯째아들 이방원이었다. '재상론'의 뼈대를 보면 왕은 그저 권위만 있는 허수아비에 불과할 뿐이고, 삼정승이 정치를 좌지우지하는 실권자로 행세한다는 것인데, 이에 대해 내심 불만이 많았다. 그 불만이 결국 정도전을 제거하는 것으로 표출되었고, 이방원은 조선 제3대 태종으로 등극하였다.

태종은 왕위에 오른 후에도 왕권을 강화하기 위해 처남들을 처단하는 등 신권을 억압하는 정책을 펴나갔다. 셋째 아들(세종)에게 왕위를 물려준 직후, 상왕이 된 그가 사돈인 영의정 심온에게 사약을 내린 것도 신권의 득세를 방비하기 위한 극약처방이었다. 심온은 세종대왕의 장인으로 소헌왕후의 아버지였다.

심온이 억울하게 죽자 세종대왕은, 소헌왕후를 위하여 태종에게 장인을 살려달라고 간청하지 못한 것이 평생의 한으로 남았다. 태종이 이렇게 신권을 억압하는 강력한 정책을 폈음에도 불구하고, 집현전 원로 학사들은 세종대왕의 우리글 만드는 일에 적극 반대했다.

세종대왕의 한글 창제 과정에서 그 배면에 걸림돌이 되었던 것은 바로 왕권과 신권의 대립이었다. 결국 세종대왕은 나라 운영의 일부를 세자(문종)에게 맡긴 채 정의공주를 비롯하여 둘째 왕자 수양대군과 셋째 왕자 안평대군 등 왕실 가족과 함께 비밀리에 우리글 만드는 일에 본격 착수하였다. 거기에 범어에 능통한 승려 신미와 신숙주·성삼문 등 집현전 젊은 학사들이 참여해 우리글 만드는 일을 극적 도왔다. 그러나 무엇보다 주도적으로 우리글을 만드는 데 심혈을 기울인 사람은 세종대왕 자신이었다.

세종대왕은 소리가 나는 목구멍과 입 모양에서 자음의 형태를 취했다. 이를 위해 직접 단소를 불어 혀와 입술 모양의 변화에 따라 어떻게 소리가 달리 나오는지 연구를 하였다. 그뿐만 아니라 우리 고대로부터 내려오는 전통 사상인 천지인, 즉 하늘·땅·사람의 상징으로 모음을 만들었다. 이렇게 자음과 모음을 결합해 하나의 글자가 완성되도록 하는 매우 과학적인 체계를 갖춘 우리글을 만드는 데 성공하였다.

1428년 전주에 사는 '김화'라는 자가 아버지는 죽이는 끔찍한 사건을 장계로 올린 것을 보고 우리글을 만들겠다고 결심한 지 15년 만인 1443년에 세종대왕은 마침내 훈민정음을 완성, 세상에 반포하였다. 그러나 집현전 원로 학사들은 훈민정음 반포에 반대하여 최만리를 대표로 한 7명의 학사가 연명으로 상소를 올렸다. 그들은 세종대왕이 안질까지 않으며 15년에 걸쳐 연구를 거듭해 만든 훈민정음을 일반 백성들이 쓰는 쉬운 문자라고 해서 '언문'이라고 낮춰 부르며, 감히 왕권에 도전해 온 것이다.

이때 집현전 원로 학사들은 명나라를 떠받드는 사대주의를 내세워 언문을 익히는 것은 한자를 모르는 오랑캐들이나 하는 짓으로 평가했다. 감히 세종대왕이 만든 훈민정음을 오랑캐의 글자라고 깎아내렸다. 그런데 이들 상소를 한 원로 학사들의 생각 속에는, 만약 백성들이 쉽게 글을 익혀 똑똑해지면 자신들이 누리던 양반 사회의 기득권이 무너질

위기에 봉착할 수도 있다는 두려움이 숨어 있었다.

집현전 원로 학사들의 그러한 분위기를 잘 알고 있던 세종대왕은, 괘씸하기 짝이 없는 그들을 크게 혼내주겠다고 마음먹었다. 그래서 상소 내용을 조목조목 따져 물은 후 모두에게 벌을 내려 감옥에 가두었으나, 밤새 생각한 끝에 겁만 주는 것으로 그치고 하룻밤 만에 방면해 주었다.

한편 세종대왕은 집현전 젊은 학사들에게 《훈민정음해례본》을 만들도록 했고, 3년 후인 1446년에 간행하여 만백성에게 널리 우리글을 익히도록 했다. 이처럼 훈민정음 창제를 통하여 세종대왕은 백성들에게 우리글을 가르쳐 깨우치도록 했을 뿐만 아니라, 집현전 원로 학사들과 벌인 왕권과 신권 다툼에서 군주로서의 위엄을 보이는 효과까지 거둘 수 있었다.

저명한 국어학자 정광(전 고려대학교 문과대학 국문과 교수)는 우리 민족 최고의 문화유산으로 꼽히는 한글의 위상을 온전히 평가한 《동아시아 여러 문자와 한글》(지식산업사, 2019년)이라는 학술서에서, 한글이 세종대왕의 독자적 발명품이 아니라 '팀 세종'의 집단적 발명품이라고 역설하였다. 또한, 사대주의에 물든 집현전 원로 학사들의 반대에 부딪히자 세종대왕은 독자적인 문자 창제를 비밀 프로젝트로 추진했다고 주장하고 있다. 그는 《동아시아 여러 문자와 한글》에서 인디아의 고전어인 산스크리트어(범어)의 음성·음운론을 비롯해 그 영향을 받은 중국의 음운론과 파스파 문자 등을 종합적으로 검토해서 한글을 창제하는 과정에서 세종대왕뿐만 아니라 집현전 학사와 승려 신미, 그리고 많은 지식인이 두루 참여했다고 말하고 있다.

세종대왕 연보

1391년(태조 6년) 4월 10일 이방원의 셋째 아들(이름은 '도')
로 태어남.

1418년(태종 18년) 6월 3일 22세의 나이로 왕세자에 책봉
됨. 같은 해 8월 8일 태종이 상왕으로 물
러나고 세종이 임금의 자리에 오름.
(이해 1월 세종비 소헌왕후의 아버지 심온,
모반죄로 누명을 쓰고 사약을 받음.)

1419년(세종 1년) 삼군도체찰사 이종무로 하여금 왜구의 근
거지인 대마도를 정벌케 함.

1420년(세종 2년) 집현전을 확장·개편함.

1421년(세종 3년) 3월 24일, 활자를 만드는 관청인 주자소
에서 이천에게 인쇄술을 개량하게 하여
한꺼번에 많은 양의 책을 인쇄할 수 있도
록 함.

1423년(세종 5년) 금속화폐인 조선통보를 주조함.

1424년(세종 6년) 동으로 만든 물시계를 주조하여 경복궁에

설치함.

1425년(세종 7년)　처음으로 동전을 사용하게 하여, 그동안 물가 상승과 상인들의 모리 행위로 유통 질서가 어지러웠던 저화(닥나무 껍질로 만든 지폐)를 금지케 하는 통화 정책을 펼침.

1427년(세종 9년)　《향약구급방》을 인쇄하여 널리 알림.

1428년(세종 10년)　진주에서 '김화'라는 자가 아버지를 죽였다는 장계가 올라옴. 이를 계기로 훈민정음 창제 의지를 갖게 됨.

1424년(세종 11년)　정초 등에게 명하여 《농사직설》을 편찬케 함.

1432년(세종 14년)　집현전 부제학 설순에게 명해 《삼강행실도》를 편찬케 함.

1433년(세종 15년)　정초·정인지·이천·장영실 등이 천문관측기 '혼천의'를 만듦.

1434년(세종 16년)　새로운 활자인 갑인자를 만듦. 장영실 등이 '자격루'와 '앙부일구'를 제작함.

1441년(세종 23년)　장영실·이천 등이 세계 최초로 '측우기'를 제작함.

1443년(세종 25년) 12월 '훈민정음'을 창제함.

1444년(세종 26년) 집현전 부제학 최만리를 비롯한 신석조·
김문·정창손 등 집현전 학사들이 훈민정
음 반대 상소문을 올림. 안질로 초정약수
터에 피접하여 60일간 눈병과 피부병을
치료함.

1445년(세종 27년) 권제·정인지·안지 등이 《용비어천가》(10
권)를 지어 올림.

1446년(세종 28년) 9월 훈민정음 해설서인 《훈민정음해례
본》을 완성함. 같은 해 11월 언문청을 설
치함. 이과 등 하급 관리 시험에 훈민정
음을 시험과목으로 정함. 소헌왕후 심씨
세상을 떠남.

1447년(세종 29년) 세종의 명으로 둘째 아들 수양대군이 《석
보상절》을 저술함. 세종이 직접 훈민정음
으로 《월인천강지곡》을 저술함.

1450년(세종 32년) 2월 17일 세종이 향년 54세로 세상을 떠
남.

소설 세종대왕을 전후한 한국사 연표

1428년(세종 10년) 한성부 인구가 10만 3,328명으로 조사
되었으며, 이때 호구의 법규와 격식을
정함.

1429년(세종 11년) 단오 축제 때 하던 행사인 돌싸움 놀이를
금함.

1430년(세종 12년) 각 도 감사에게 수차를 이용하여 물을 공
급하는 관개 농법을 적극 권장함.

1432년(세종 14년) 맹사성 등이 《신찬팔도지리지》와 《세종
실록지리지》를 편찬함. 강계절도사 박초
가 여연군에 침입한 여진 기병 400여 명
을 격퇴함.

1433년(세종 15년) 최윤덕이 압록강 유역의 여진 추장 이만
주 군대를 토벌하고 4군을 설치함.

1434년(세종 16년) 새로운 활자인 '갑인자' 20여만 자를 만
들어, 하루 40장까지 인쇄함으로써 예전
보다 배 이상 인쇄 속도가 빨라짐.

1435년(세종 17년) 여진 기병 2,700여 명이 여연군에 침입해 옴.

1436년(세종 18년) 화원에게 명하여 함길·평안·황해 각 도의 산천 형세를 그려오게 함.

1437년(세종 19년) 김종서에게 여진을 정벌하고 경원·경흥 등에 6진을 설치케 함.

1439년(세종 21년) 강화도의 왜닥나무를 태안·진도·남해·하동 등지에 심어 종이 원료를 확보토록 함. 경차관을 대마도에 파견하여 일본 무역선의 크기와 인원수를 제한한다고 통보함. 전주와 성주에 사고를 설치함.

1440년(세종 22년) 성혼 연령을 남자 16세, 여자 14세 이상으로 정함. 토지의 세금을 일정하게 고정하는 정액세법인 공법(貢法)을 처음으로 정하여 경상도와 전라도에 시행함. 이때 경상도 주민 1,000여 명이 신문고를 쳐서 공법 폐지를 요구함.

1441년(세종 23년) 충청도에 공법을 시행함. 경상·충청·전라 3도 주민 1,600여 호를 함경도에 이주시킴.

1442년(세종 24년) 측우의 제도를 상세히 규정함. 여연군과
자성군 등에 목책을 세우고 만호를 배치
하여 방비케 함.

1445년(세종 27년) 역대 실록을 춘추관·충주사고·전주사고·
성주사고에 나누어 보관함.

1448년(세종 30년) 경복궁 안에 내불당을 세움. 이때 성균관
과 사부학당 학생들이 반대하여 동맹 휴
학을 함.

1449년(세종 31년) 평안도 이산군에서 위원군에 걸쳐 행성을
쌓음. 이때 도민 1만 3,987명이 동원됨.
각 도의 각색군액(군사의 수)을 정함. 충청
도·전라도·경상도의 잡색군(지역방위를 위
한 군대)을 점검하여 유사시에는 수령이
직접 인솔하여 방위토록 함.